講談社文庫

殿の幽便配達

幻想郵便局短編集

堀川アサコ

講談社

目次

殿の幽便配達　幻想郵便局短編集

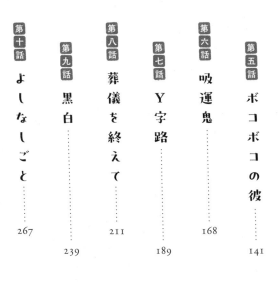

殿の幽便配達

幻想郵便局短編集

「世の中歎《なげ》きて歩《あり》きもせずしてある」——紀貫之《きのつらゆき》

プロローグ

「赤井《あかい》さんときたら、何を慌ててやがるんだい？」

殿《との》は、江戸っ子みたいな口調で訊《き》いた。

怪人物である。

狩衣《かりぎぬ》を着て、頭には立烏帽子《たてえぼし》をかぶり、光源氏《ひかるげんじ》のような恰好《かっこう》をしている。

変装をしているのではないから、狩衣はしっくりと身に合っていた。殿は本物の殿、平安貴族なのである。

「やっこさんは、いったいどうしたってんだい、ツラさんよ？」

平安貴族の殿は、江戸っ子みたいに話す。

「花がないのですよ」

ツラさんと呼ばれた老人が答えた。この人を知る者たちからは登天《とうてん》さんと呼ばれている人物だが、殿は昔からの呼び方を変える気はないようだ。

ツラさんのツラは、紀貫之の貫。

天慶《てんぎょう》八（九四五）年に亡くなったとされる紀貫之だが、実はずっと生きていた。この百五十年ばかりは、登天と名乗っている。昔から何かと大ぼら吹きだった紀貫之も、今では焚火《たきび》とカラオケを愛する爺さんである。

「花がないだって？」

殿は呆《あき》れ声で訊き返した。

殿と登天さんは地平線まで続く一面の花園のただなかに居る。カッと照った夏空の下、どこもかしこも花花花花花であり、圧倒的に咲き誇る無数の花の中にぽつねんと小さな郵便局が建っているだけ。登天さんと殿は、無辺の花園を眺めながら焚火をしているのだ。

――ああ、心配だ、心配だ、心配ですよ、心配。本当に大丈夫だろうかなあ。

カンナとヒマワリと桜とサザンカの向こうで、ナマハゲに似た大男が走り回っていた。園芸用の一輪車を押して猛烈な勢いで庭仕事をしているように見えるが、慌てているから要領が悪いったらない。実質、ただ走り回っているだけなのだ。

――間に合わなかったら、もはや取り返しがつかない！

ナマハゲに似た大男は、不意にそう叫ぶと頭を抱えた。怪力で一輪車がふっ飛んで、積んでいた牛糞堆肥《ぎゅうふん》が散らばる。飛び方の稽古をしているヒヨドリのヒナが、しきりと鳴き出した。

――キッキッキー……。

――心配だ、心配だあ……。

うるさいが、のどかである。大男の形相がどれほどものすごくても、広い花畑の中にあっては、小さな舞台で演じられている人形劇のようにしか見えない。

「つまり」

登天さんは、あくびをした。人形劇のごとき騒ぎも、無辺の花園も、ひどく現実離れした眺めだった。

「ここは、現実ではないのです。天国へと通じている郵便局ですから」

「そんなこたぁ、わかってるよ」

殿はイライラと云《い》った。

狗山《いぬやま》という、盃《さかずき》の形をしたごく低い山のてっぺんに、この郵便局はある。したがって敷地《しきち》の広さなど高が知れているはずだが、花園は地平線まで続いているのだ。

奇妙なのは、そればかりではなかった。いくら低くても山頂にある郵便局になどだれも来るまいと思いきや、登天郵便局のお客にとっては、なかなか便利な立地なのだ。

なぜならば、狗山の頂上はあの世に通じているから。

全国津々浦々、「亡くなった人の魂はお山に還《かえ》る」などと云う言い習わしがあるが、ここもそれなのである。狗山の頂上には、亡くなった人があの世に渡る通過点が存在している。

登天郵便局は、日本郵便ともかつての郵政省とも一切関係ない。しかし、国の機関である。登天郵便局を所管するのは、閻魔《えんま》庁というこの世とあの世の橋渡しを担う役所だ。閻魔庁の存在については、命ある殆《ほとん》どの者に知られていないため、聞いたことがないのは当然である。

「わしを、だれだと心得やがる」

あの世との境目だから、登天郵便局には変なモノが来る。亡くなった人は当然のように来るし、生きている人も必要に応じてたどり着《つ》くことがある。平安時代に活躍した貴族も、こうして茶飲み話などしに来るのだ。

当の殿は変なモノたちのことを、「エンティティ（実体）」と呼んでいた。殿自身も、そのエンティティにほかならないのだが。

「こんな花だらけなのに、まだ花が足りないなんて云いやがるたぁ、欲張りだ、強欲だ。おまえさんら、煩悩を捨てて生まれ変わろうって場所で働いてるなら、《吾唯《われただ》知足《たるをしる》》って言葉を今一度嚙《か》みしめなくちゃいけねぇぜ」

「そうじゃないのです」

登天さんは、目の前の焚火を眺めながら云った。それでなくても猛暑日の予報が出ているのに、焚火のせいでいよいよ暑い。殿は冷房の効いた屋内で麦酒《ビール》が飲みたいと思い、恨めしそうに局舎を振り返った。――あいにくと、登天郵便局にはエアコンがない。扇風機すら、故障している。冷房装置と云えば、網戸と団扇《うちわ》と風鈴くらいである。出目金を描いたガラス風鈴が、熱風に揺られてカランカランと鳴ってる。

「この花園には、いつだって四季の花が咲《さ》いています。夏に咲く花や、秋に咲く花、冬の椿《つばき》や、春の桜が見たい――と念じつつ、その前に寿命を終えることになった人たちのためにある庭なのですよ」

「そんなこたぁ、わかってるよ」

殿は繰り返した。

「しかし、どの季節の花も、ちゃんと咲き揃《そろ》っているじゃないか」

アジサイとサザンカが並んで咲く様子を指さした。登天さんは、老いてしなびた人差し指を横に振って「ちっちっちっ」と云った。

「歌の中だけで聞いたような花や、物語の中で読んだきりの花を、この世の名残《なごり》に見てみたいと願う人たちのために、赤井局長は懸命に苗や種を育てているのです」

「ここじゃあ、おっ死《ち》んじまう連中が見たがっている花を、いちいち用意してるってのかい？」

「なすびの花から、ラフレシアまで」

「お疲れさまなこったねえ」

「顧客満足度というものなのです」

登天さんは、ビジネスパーソンのような云い方をした。

「で、赤井局長を慌てさせてる花ってぇのは、何なんでぇ？」

「エーデルワイス」

「あの有名な歌に出てくるヤツかい？　そんなの外国《とつくに》の花じゃねぇか。呆れちまうねえ。いったい、どんなわがまま者が、そんな花を見たがるんだか」

「六歳の女の子だそうですよ」

「え」

殿は顔を引きつらせて、自分の口を押さえた。

「その子が長く入院していた小児科病院で、奇特な人が音楽会を開いたそうで」

その奇特なソプラノ歌手の歌を聴いて「エーデルワイスって、どんなお花だろう」と女の子は考えた。将来の夢なんて具体的に思い描くこともできないほど幼い子どもだが、「エーデルワイス」を見てみたいという気持ちはどんどん強くなった。

「いまどきの、ほれ、スマートフォンとやらで検索やらして、見せてやりゃあいいじゃねぇか」

「見せたけど、本物の花じゃないので満足できなかったそうです」

「やっぱり、わがままな娘だ」

わがままな娘が息を引き取ったのは、昨夜遅くのことだ。閻魔庁からの通知では来月という予定になっていたので、それまでに苗を植え付けようと考えていた赤井局長は大いに慌てた。花園の管理は局長の仕事だが、昨夜は局員総出で苗探しに奔走したのである。総出といっても、局長も含めて四人だけだが。

「寄る年波で、徹夜はこたえました」

「おまえさんも、昔はよく庚申《こうしん》待ちの宴《うたげ》で夜明かししたのになぁ」

「千年以上も前のことを持ち出されても」

登天さんは、その千年以上前の宴会を思い出したのか、くすくすと笑った。

「ともあれ、花は何とか手配が出来て、今は鬼塚《おにづか》さんが受け取りに行っています」

「間に合ったのなら、どうして赤井さんはあんなに慌ててやがるんだい？」

「慌て者ですから」

「ちげえねぇ」

口調は無頼だが、仕草はいかにも貴族らしく、殿は扇で優雅に顎のあたりをあおいだりした。陽は空の真中《まんなか》に昇りつつあり、花園を渡る風もいよいよ熱を帯びる。

「真夏の庭仕事もご苦労なこったが、こんなクソ暑い中で焚火をしているおまえさんも、ジジイのくせにえらいエコノミックアニマルだね」

「素直に、働き者だと褒めたらどうなのです」

登天さんは、火掻《か》き棒で焚火を突っついた。この老人は、鼎《かなえ》という昔の中国の調理器具に大量の手紙を投じ、せっせと燃しているのだ。郵便物を焼却処分するなど、事情を知らない人が見れば大変に驚くのだが、ここには事情を知らない人はあまり来ない。——たまには、来るが。

この鼎については、三途《さんず》の河原の向こう岸の鍛冶屋《かじや》に特注したとか、皇帝フビライ・ハーンがマルコ・ポーロに見せびらかした名品だとか、さまざまな縁起が取りざたされている。でも、実際のところは登天さんが古道具屋の閉店セールで安く買ったものらしい。それでも、この鼎を用いた焚火が、神秘的な儀式であるのは確かなことだ。

なにしろ、立ち上る煙が異様に美しい。それは、赤、白、黄、緑、黒の色彩を成し、帯となってしばし宙をただよう。

たとえばブルーインパルスの飛行のように仕掛けや演出によるものなら、それは見事に美しいというべきだろうが、焚火の煙にそんなものはない。だから、吹き流しのごとき煙の眺めは、異様と形容するよりない。

「ふふん。老衰でおっ死んだ隠居が、おかみさん宛てに『ありがとう』なんて、書いてやがる。ふん、生きているうちに云っときゃ良かったものを。面と向かって伝えれば、おかみさんの喜ぶ顔だって見られたんだ」

異様に美しい五色の煙は、風と花の香りにあおられて宙に漂い、それが罫線《けいせん》でもあるかのように幾つもの文字が浮かび出ている。その文字の群れこそが、燃えてゆく手紙に書かれた言葉だった。文字は、風に乗って空に昇った後、宛所を目指して飛んで行く。

登天さんの仕事は郵便配達であり、業務内容は焚火である。

登天さんは、亡くなった人が残して行く手紙を燃しているのだ。ときには、生きた者が綴《つづ》ったものの届けられない手紙も、同じようにして燃している。登天さんの焚火は、寺社でするお焚《た》き上げに近い。ただし、寺社のご利益《りやく》よりも、効果は事務的で確実である。

登天さんが届けた手紙は、明け方の夢という形で受取人に届くことになっている。封を切ることなく、文字を読むことなく届いてしまうから、ちょっと乱暴ではある。

だから、受け取り拒否されそうなものは、配達されないのだ。差出人と受取人の間に些細《ささい》な気持ちや事情の行きちがいがあるだけで、燃え残ってしまう。

「でも、そんなことは、滅多にないのですよ」

「なんにせよ、この焚火は見世物にしたら金が集まるぜ」

登天さんと殿が五色の煙をうっとり眺めていると、遠くから重たげな足音が聞こえてきた。

ズシッ……ズシッ……ズシッ……。

それがいかにも剣呑《けんのん》な感じだったから、殿は眉をひそめて音のする方を見る。

ズシッ……ズシッ……。

花々の地平から、大柄な男がやって来る。地響きのリズムは、男の歩調と合致していた。

その男はまるでアメリカンコミックのヒーローのように筋骨隆々とした偉丈夫で、

神話のアトラスみたいに地球を持ち上げる力さえありそうな風貌をしていた。

「おっ。鬼塚くんの、登場だね」

こんな重機みたいな足音からして、電信柱の二、三本でも運んで来たのかと殿は思った。常日ごろから、このたくましい男について、無双の力持ちだと聞いていたのだ。

「何を運んで来たのやら」

「さっきも、ご説明したでしょう。鬼塚さんが持って来たのは、エーデルワイスの花ですよ」

「いや、花なんかじゃないね。だって、この足音はただごとじゃない」

殿はつま先立ちなどして、たくましい男が近づいて来るのを眺める。

「何やら、小さなものを大切そうに持っているぞ。小さくて重いといったら、中性子星のかけらだろうか。おい、ツラさん、中性子星ってのを知ってるかい？」

それはやたらと重たくて、スプーン一杯が富士山と同じ重さだ……などと云う蘊蓄《うんちく》を披露した。少し前、テレビの科学番組で仕入れたのだ。

「いえいえ、エーデルワイスですってば」

登天さんが念を押すうちにも、待ち人はどんどん近づいて来た。

い。

「鬼塚さん、おつかれさまです。赤井局長がお待ちかねなのです」

鬼塚さんの鋼のごとき両手は、小さな素焼きの植木鉢を大切そうに抱えていた。あまりに握力が強いので、少しでも力を入れたら「パリンッ！」と砕けてしまうらしい。

「エーデルワイス、無事に到着！」

鬼塚さんは、局舎の前で焚火をしている二人を見て、唸《うな》るように云った。いつの間にか郵便局のお客たちも集まって、わけもわからぬままに「おお！」なんて歓声を上げている。

「おい、鬼塚くん。こんな小《ち》っこいものを運ぶのに、おまえさんの足音は大げさすぎだぜ」

「気をつかうあまり、全身に力が入って、つい」

鬼塚さんは、野太い声で答えた。小さな植木鉢を握りつぶしてしまいそうで、柔らかく包むように持っていたら、逆に変な具合に力を使ったとのこと。よく見ると、実際に何度か握りつぶしてしまったらしい。割れた鉢の破片で切ったのか、頑丈そうな手にぺたぺたと絆創膏《ばんそうこう》が貼ってあった。

「それって、わざわざ新しい鉢を調達したのかい？　絆創膏も薬屋で買ったのかい？」

　そのせいでよけいに待たされたのでは、赤井局長がチト気の毒だと思っていたら、当の赤井局長がこちらに駆けて来るのが見えた。

　筋骨隆々の鬼塚さんに負けず、赤井局長も体格がいい。待ちくたびれた花の苗が到着したとあって、喜び勇んで駆けて来る様子は蒸気機関車を思わせた。殿は「暑苦しい男だねえ」とつぶやき、扇で上品に口元を隠した。

「お帰りなさい、鬼塚くん。大変だったろう」

　待ちくたびれていたはずの赤井局長は、恨み言などかけらもない調子で、部下をねぎらった。

「どこに植えようかなあ。やっぱり、アルプスを感じるような景色が必要かなあ」

「そいつは無理ってもんだ。ここは山脈じゃないから、そんな景色はありゃしない。それに、たった一輪しかないのに、地植えしちゃったら見逃しちまうぜ」

　殿は思わず口をはさんだが、そんなもっとも至極な助言は無視されてしまう。

「承知したッ！」

　鬼塚さんがスコップを持ち出してきて、これから高原の花畑みたいな風景をこしらえようなんて云い出したので、殿はすっかり呆れた。ここの連中ときたら、そろいもそろって、みんなどこかズレてやがる。そんな悪態をつきながら、同意を求めるように周囲を見渡した。局員たちが浮世離れしていても、ここを訪れるお客たちならば話も出来ると思ったのだ。

「そうよね」

一人の小さな女の子だけが、殿に賛同した。両手を後ろに組んで、分別がましく眉間にしわを寄せている。

「そんなに小さくて目立たない花なんか、うっかり踏んづけちゃうわよ。そこらの草と見分けがつかないじゃないの」

女の子は憎らしい調子で云った。確かに、エーデルワイスという華麗な名に反して、鬼塚さんが運んで来たのは地味な野の花で、ミュージカルで歌われたイメージとはずいぶんちがうなあと殿も胸の奥で思っていたのだ。しかし、郵便局員一同の真剣さを前にして、無遠慮なことを云うのもどうかと思って黙っていたのに――。

(こまっしゃくれた女童《めわらわ》め、ずけずけと憎らしい)

お説教のひとつも云ってやろうと、殿は女の子を見おろした。

「なによ」

女の子は細い両腕を腰に当てて仁王立ちのポーズをとり、気丈に殿を睨《にら》み返す。

心ならずも気圧《けお》されて、殿はお追従《ついしょう》を云った。

「それにしても、お嬢さん、お洒落《しゃれ》だね」

「そうかしら」

登天郵便局の客たちの多くは精いっぱいに洒落めかしているのだが、女の子のお洒落は格別だった。まるで『不思議の国のアリス』のアリスみたいな恰好をしている。髪の毛を鏝《こて》でふわふわと巻き、エプロンドレスを着て、小さなストラップ付きの革靴を履いていた。

「ふーふん。ふーふふふんふん」

女の子は鼻歌を歌い出す。

「あ……。きみは、もしや？」

赤井局長が、ハッとした顔になった。

「ようやく気付いてくれた？」

女の子は西洋婦人みたいにひざを曲げてお辞儀をした。

「はじめまして、変なおじさん方」

「きみは、エーデルワイスを見たいと云ったお嬢さんだね」

「ええ、そう」

答えてから、鼻先で笑う。幼い身で長く闘病し、その甲斐《かい》もむなしく一人で旅立たねばならなくなった悲しい身の上を勘定に入れてもなお、その子は憎たらしいガキだった。

「でも、がっかり。目立たなくてつまんないお花なんだもの。お姫さまみたいな名前に騙《だま》されちゃった」

「むむむ」

またしても、なんたる言いぐさか。殿は苦虫をかみつぶしたような顔になった。大の大人（赤井局長は大柄だ）が花園を駆け回るほど焦燥し、千年以上も生きている老人にまで徹夜をさせ、ようやく調達した一鉢を壊すまいと手を絆創膏だらけにした偉丈夫の気遣いを、そんな暴言で無下にするとは――。

やっぱりお説教してやる。叱りつけてやる。

そう思って口を開く間もあらばこそ、女の子は遠くにある蔓《つる》バラの門を見て感嘆の声を上げた。子ども特有の素早さで、駆け出す。ここに来る者は、健康を取り戻しているのだ。

「すごーい。きれーい」

「待ちなさい、こら」

ともかく、一言云ってやらねば気がすまぬといきり立つ殿を置き去りにして、女の子は門の向こうに消えてしまった。それは、来世へと通じる門なのである。

「なんでぇ、親の顔を見てやりたいぜ」

登天さんに装束の袖を引っ張られても、殿は振り向きもせずに憤然と唸る。

「これこれ、殿――」

「どうやって育てたら、あんな無作法なガキになるのかねぇ」

「あの子は治らない病気でしたから、大人たちはお行儀を良くすることなど教えなかったのですよ。将来、それがなくては生きてゆかれぬ礼節も、あの子には無用だと知っていたからです。そんな将来など、あの子には来ないと知っていたからです。だから、要らぬ気苦労も気遣いも、無理に教えなかったのですよ」

「病気だから、わがまま放題だったってのかい」

「そうです」

「ふん。重病の子どもだって、良い子はいるぞ。ありゃ、例外中の例外だ」

「あの子は利発そうでしたから、たとえ大人に教わらなくても、長い時間をかければ自分で自分を律してゆけたでしょう。苦労したでしょうが、良《い》い老婦人にもなれたのです。でも、その人生がないのなら、叱ることもお説教することも、ただただ悲しいばかりなのです」

「ふん」

頭に上っていた血が落ち着くと、殿は急にきまり悪くなった。

「しかし、あのバタくさい装束は似合っていなかった」

「また、そんなことを云って」

こうべをめぐらすと、赤井局長は庭仕事にもどり、鬼塚さんはエーデルワイスの小さな株を高山植物が生える一角に植え直していた。

殿はもう一度だけ蔓バラの門を振り返ってみてから、はき心地の悪い沓《くつ》でぽっくりぽっくりと歩きだす。後ろ手に、登天さんに手招きをした。

「ではツラさん、そろそろ出掛けるとしようか」

登天さんは火の消えた鼎の中から、白い封筒を持ち上げた。華奢《きやしや》な筆跡で、《滝《たき》ノ元町《もとちよう》三十七　名井《ない》和也《かずや》様》と宛名が記されてある。

「その燃え残った手紙を、宛所に届けるんだろう？」

「よくご存知で」

「うふふ」

殿はなぜか不気味にほほ笑んだ。

「面白いぞ、面白くなるぞ」

小柄なおじいさんと平安貴族の郵便配達は、こんな風に始まった。

第一話　珍しい傾向

そこは、坂と路地ばかりの、古びた町だった。

「三十七番地なんて、どこにもないぜ」

梅雨時の午後、空気は湿気と暑気でやけに重たい。

瓦屋根の小さな家が、ひしめくように立ち並んでいた。その隙間を縫い、まるで毛細血管のように路地が延びている。猫——とりわけ、黒猫が多い。停《と》められたクルマの下から、ブロック塀の上から、金色の双眸《そうぼう》がじっとこちらを睨む様子が、何やら剣呑な感じがした。ともあれ、居るのは猫ばかりで、さっきから人の姿は一人として見かけていなかった。

「暑いなあ、ツラさん。アイスキャンデーでも食いてぇや」

さっきから、殿は同じことばかり云っている。登天さんは黙々と歩いている。

「ああ、アイスキャンデーが——」

垣根越しに、庭に打ち捨てられたプラスチックのジョウロが見えた。聞こえてくるノイズ混じりの早口は、ラジオだろうか。風などないのに、風鈴が喧《やかま》しく鳴っている。庭先の床几《しょうぎ》の上には食べ終えたスイカの皮が載っているのに、食ったヤツが居ない。行儀の悪いことだと眉をひそめてから、殿は前を行く登天さんを追った。木沓の底が、石畳を蹴ってぽっくりぽっくりと鳴り渡る。

「おい、待たねぇか。年寄りのくせに、足が速いんだから――」

「ああ、殿、わたしとしたことが……」

登天さんは、狼狽《ろうばい》しているように見えた。いつの間に着替えたのか、古い時代の郵便配達員の扮装《ふんそう》をしている。黒い詰襟に赤線の入った黒ズボン、韮山笠《にらやまがさ》をかぶって、《郵便御用》と記した箱を鞄《かばん》のように肩に斜めに掛けていた。明治初期――登天さんが今の仕事に就いたころに閻魔庁から支給された郵便配達員の制服である。この辺りの古びた風景に、一世紀半も昔の制服姿が、違和感なく溶け込んでいた。

「どうしたね？」

「行き先をまちがったようなのです。それに加え、迷子になってしまいました」

悄然《しょうぜん》と云った。

「おいおい、郵便配達員が迷子になるとは――」

つい、お説教をしそうになった殿だが、暑さのせいでくたびれていたので、やめた。

「見てください」

登天さんは、《郵便御用》の箱から封書を取り出す。宛先の住所には《滝ノ元町三十七》と書かれていた。しかして、かたわらの電信柱に付けられたプレートには、《竜《たつ》ノ元町《もとちょう》》と刻まれている。

「おまえさん、いつからそんな粗忽者《そこつもの》になったかねぇ」

「寄る年波なのです。こうして千年も生きておりますと、さすがに――」

千年生きている人にとって年波が寄るのは、何歳くらいからなのだろうと殿は思った。

「それじゃあ、とっとと滝ノ元町に行こうぜ」

「でも、このとおり、道に迷ってしまったのです」

上がったり下がったり曲がったりで、さっきから一向に景色が変わらないのだ。登天さんが殿の愚痴に答えもせず、むやみに健脚を発揮していたのは、実は道に迷って焦っていたからなのか。殿は思わず微笑《ほほえ》んだ。愚痴といえども、無視され続けていささか傷ついていたのである。

「ここは、人生経験が豊富なわしに任せぃ」

殿は殿さまみたいな口調で威張った。登天さんは千年も生きているが、殿の方は人並みに輪廻転生《りんねてんしょう》を繰り返してきた。粋筋の姐《ねえ》さんだったことも、警察官だったことも、泥棒だったことも、蚊だったことも、インフルエンザウイルスだったこともある。

粋筋の姐さんだったときは、やたらと情熱的な性分で、間夫《まぶ》と心中してしまった。殿が江戸っ子の口調を使うのは、このときの愛人の口真似《くちまね》が胸にしみこんでしまったからだ。あんなに濃い人生は、ほかになかった。インフルエンザウイルスだったときなんかは、いざ患者の呼吸器に突入せんというタイミングで、手洗いによって抹殺され排水溝に流されてしまった。

「あーあ。おまえさんと平安貴族をしていたときが、一番楽しかったなあ」

「おやおや？　殿、これをご覧ください」

先を歩いていた登天さんが、こちらを振り返って云った。見れば、黒板塀に白いチョークで落書きがしてある。

――すえのしまつを、きめておけ。

二人そろって、首を傾《かし》げた。

「これは、『覚悟しておけ』という意味でしょうか?」

「剣呑だなあ。でも、江戸の流行歌に、似たのがあったぜ」

そう云うと、殿は細い裏声で歌い出した。

「そなたがあるゆえ、みな人に、いいたいこともまけている。それにそなたはうわのそら。すえのしまつを、きめておけ。——新内節《しんないぶし》だよ。吉原《よしわら》の遊郭で、よく聞いたもんだ」

「遊郭で聞いたとは、殿らしいことなのです」

「こいつは痴話喧嘩《ちわげんか》の文句だろうが、今どき古風なものを引っ張りだして来たものだね」

「はい、確かに」

落書きはなるほど、新内節の引用に似つかわしく華奢な達筆だ。登天さんは思案げに、それを見つめた。

「以前にも、これと似たことがあったのです。以前とは、殿が堤中納言《つつみちゅうなごん》と呼ばれていたころ——」

その折も、殿と二人で都の小路《こうじ》をそぞろ歩いていた。でも、そぞろ歩いていたと思っていたのは登天さんだけで、殿の方は行き先を定めていたらしい。それは細道の果てにあるあばら家だった。かつての恋人の住まいだと、殿は云ったものだ。

「確か、あのときの女性は、すでに亡くなっていました」

「ああ、新月《しんげつ》さんのことか」

その新月という名の亡き人を訪ねて、殿は登天さんを道連れに、わざわざ徒歩で闇を分け入ったのだ。夜鳥が鳴くと、応えるように犬の遠吠《とおぼ》えが続いた。耳元で女の囁《ささや》き声《ごえ》がしたと思ったら、殿の沓音もやんだ——。

「同じなのです」

殿はあのとき、朽ちかけた竹垣に向かって立ち尽くした。垣の向こうには、あばら家があった。無人のようだが、ときおり動くものの影があったように思う。しきりと夜鳥が鳴き、しきりと犬も鳴いた。竹垣を境に、まるで良からぬ異界が広がっているみたいだった。

「落書きの文句が、同じなのです」

そんな物凄《ものすご》い場所との境界である竹垣に、やはり落書きがされていた。何もかもが古寂《ふるさ》びている中で、落書きの墨だけは新しかった。まるで、今さっきだれかが伝言を残して行ったかのような印象があった。

——すえのしまつを、きめておけ。

江戸の遊女と平安時代の亡者が同じ言葉を発し、今もこうして塀の落書きになって立ち現れる。その三者は同じものなのではないのか。登天さんがそう口にしかけると、殿はさっきと同じ裏声で歌を吟じた。

「寝ぬゆめに昔のかべを見つるよりうつつに物ぞ悲しかりける」

「ちっとも悲しそうには聞こえないのです」

「そんなのいいから、さっさと、行こうぜ。——おう、あそこに地図があるじゃねぇか」

殿は急に速足で歩きだす。登天さんは慌てて後を追った。

「さて。現在地は——」

金属製の案内図が立っていたが、どこもかしこも路地路地路地路地で、全く埒《らち》が明かない。

「地図というよりは、まるでタータンチェックなのです……」

「ええぃ、目抜き通りはどこなんでぇ」

この町へは路面電車で来た。停留所があったのはもっと見通しの良い目抜き通りだったはず。住人をつかまえて道を訊きたいのだが、不自然なほどに人っ子ひとり居ない。

「いや、人ならあそこに居るぞ！」

殿が高い声を上げた。

暑い風がたまって暗く濁ったように見える路地の彼方《かなた》に、人影があった。白い半そでシャツに濃い色のズボンをはいた風采から高校生かとも思ったが、近づいてみると、もう少し老けていた。とは云っても、殿の息子、登天さんの孫くらいの年頃――つまり、若者である。

若者は、平安貴族と明治時代の郵便配達員の姿をした二人を見ても、あまり驚かなかった。

「あのッ、すみません――すみませんッ」

若者は狼狽と安堵《あんど》がない交ぜになったような顔付きで、まっすぐこちらに駆けて来た。ずいぶんと必死なありさまである。まるで、エーデルワイスの到着を待ちこがれていた時の赤井局長みたいな勢いだ。

「あのッ――アゲマキ宝飾店には、どう行ったらいいでしょうかッ？」

「え？」

「ですから、アゲマキ宝飾店にはッ――」

「あなたも、迷子なのですか？」

殿と登天さんは、「やれやれ」と顔を見合わせた。しかも、実に頼りない様子の人物である。赤井局長以外では、こんなにうろたえた人など見たことがない。

「いやいや、わしとて蒙古《もうこ》が攻めて来たときはうろたえたぞ。あのとき、わしは博多《はかた》で頓食《とんじき》売りをしていたんだが」

「阿部定《あべさだ》事件だって、みんなみんな、大変うろたえたのです」

ぶつぶつと話を逸《そ》らす二人を見て、若者はいかにも焦っているように地団駄を踏んだ。

「どうか、話を聞いてくださいッ。助けてくださいッ」

若者は殿の分厚い手と登天さんの皺《しわ》だらけの小さな手を摑《つか》んで揺さぶった。

「アゲマキ宝飾店の店主はご高齢で、夕方前には店を閉めてしまうんですッ。しかし、ぼくはどうしても今日中に品物を受け取りにいかなければならないんですッ。というのは、今日は彼女の誕生日で――」

「ほう」

「彼女、とな?」

殿と登天さんが、興を覚えたらしく目をきらきらさせる。平安時代出身の二人は、恋の話が大好きだ。長らく現世《うつしょ》で苦労を重ねてきた老人と中年紳士は、まるで女子高生みたいな無垢《むく》な態度で若者に向き直った。

「なんだね？　今日って日は、想《おも》い人《びと》に贈り物をする千載一遇の吉日というわけかい」

殿が訊くと、若者は大きく頷《うなず》いた。

「ぼくは、このプレゼントに人生を懸けていると云っても過言ではありませんッ。ぼくと彼女の交際を……いや、人生をスタートさせられるかは、今日にかかっていると云っても過言ではありませんッ」

「うむ。贈り物は、恋のイロハのイだ」

「贈り物は、さまざまな付き合いに効果的なのです。わたしも、かつては多くの人にプレゼントを贈り、そして自分でももらったものでした。贈るときは、もちろん下心があります。受け取ったときには、その相手のために尽力したものです」

朝廷勤めや地方長官を歴任した遠い昔を思い出して、登天さんは目を細める。

「ツラさんが云ってんのは、賄賂のことだろう。こちらさんのは恋の贈り物だぜ。いっしょにしたら、気の毒だ。恋の贈り物は、特別デリケートだからな」

「はいッ。何が何でも今日中に、トモヨさんに渡さなくちゃッ」

若者は、さらりと彼女の名前を口にした。

「その意気だ」

「そのとおりです。恋には時宜が大事なのです」

殿と登天さんは、タイミングを重要視する若者を褒めた。平安時代にルーツを持つ二人には、日時と方角は重大事なのだ。もっとも、若者の理屈は、もっと現実的である。

「誕生日じゃない日にプレゼントしても、唐突だって引かれたら困るし。誕生日を過ぎてから渡すのは、なんかドンくさいし――」

若者とトモヨの恋は始まったばかりらしい。だとしたら、いよいよ贈り物攻勢のタイミングは重要である。

「われわれも微力ながら、力を貸そうじゃないか」

「ありがとうございますッ！　助かりますッ！」

若者は勢いをつけて、深くお辞儀をした。

「実は、閉店前の四時に彼女と待ち合わせしてるんですッ」

＊

土塀、黒板塀、垣根に生垣――。

しもた屋、長屋、洋館、寺、児童公園、町内会館——。

醤油《しょうゆ》で煮しめたような、ゆかしくも地味な風景が続く。

路地を抜けた先はまた路地で、細い水路沿いに数段の階段を上り、また下り——。

そんな風景を三人で彷徨《さまよ》った。ともに探すなどと力強いことを云ったわりには、殿も登天さんも役に立たなかった。一緒に迷っているだけなのだ。住人に助けを求めたいが、相変わらず人影がない。

「地元の高校が甲子園に出ているのかな。地元愛が強いと、みんなテレビ観戦に熱中して、試合中だけ町から人の気配が消えるそうですよ」

「甲子園は、来月じゃねぇか」

殿が、つんけんと答えた。

「そうですよね……」

若者はうなだれる。その首筋に、汗がにじんでいた。

「今年の夏は、いつもより暑いのです。まだ半夏生《はんげしょう》を過ぎたばかりなのに」

「こうなりゃ、意地でもだれかに道を訊いてやる！」

殿は急に立ち止まり、どこまでも並ぶ古くて狭い民家の、ひときわ貧弱な門扉《もんぴ》を勝手に開けた。若者は慌てたし、登天さんもさすがに目をぱちくりさせたが、殿は遠慮などする気配がない。狭い前庭の飛び石を踏み、どんどん入って行く。

「ごめんくださいよ。わしら、道に迷った旅の者だけどね」

殿が変な名乗りを上げても、家の中から人が出て来る気配はなかった。玄関の引き戸は開くことなく、ブザーを押しても遠くからくぐもった音が響くだけ。

「まるで、童話の笛吹男が去った後みたいなのです」

冗談のつもりなのか、登天さんがそんなことをつぶやいた。ハーメルンの笛吹男が、町中の子どもたちを連れ去ったという童話のことを云っているらしいが、やけに不吉に聞こえた。曇天の下に居並ぶ民家は暗く静かで、本当にそんなエンティティが町の人たちを消したような感じさえしてくる。

「それとも、巨大UFOに襲われて、町内の人たちが残らず連れ去られたとか?」

冗談めかした殿だが、ますます背筋がさむくなった。電信柱の上から、静まり返った家々の通気口から、壁の割れ目から、怪しい電波が発せられ、こちらの一挙手一投足まで見張られているような——。そんな想像を打ち消すため、殿は急いでかぶりを振った。

「トモヨンに出会ったのは、やっぱりここで迷っていたときで——」

若者は、ぼそぼそと云う。トモヨンというのは、恋人のトモヨのことであろう。

「そのときも、町には人影がなくてガランとしていたっけ――」

若者は不意に何かに耐えるような表情になり、曇天を仰ぎ見た。湿気《しけ》た風が前髪を揺らすところなど、案外と色男に見えた。

「ぼく、ひどく、ぼんやりしていたんです。とても悲しいことがあって――」

この町に初めて足を踏み入れたとき、若者は歩きながら泣いていた。風景を確かめることはおろか、自分が歩いていることさえ自覚できなかった。意識の全ては涙で溺れていた。つま先が路傍の石に当たり、ころころと転がる。それを見て、若者は自分も石っころになりたいと願った。石っころならば、気持ちも心も命もないだろう。ならば、嘆かずにすむだろう。

「それ、少しだけわかるのです」

登天さんがぽつりと云うと、若者は地面に目を落としたまま「うん」「うん」と頷いた。

「実はそのとき、ぼくの彼女が病気でもう長く生きられないって聞かされて」

「え」

聞き手の顔が同情で引きつるのを見て、若者は慌てて「ちがう、ちがうッ」と両手を振った。そして、急に決まり悪そうに指で頰を掻いた。

「それは、トモヨンじゃなくて、別の人です」

「トモヨさんのほかにも、お付き合いしている人が？」

「はい。婚約者なんですが」

「婚約者が不治の病に――」

殿は深い同情を込めて呟《つぶや》き、それから目をぱちくりさせて若者の顔を正面から見据えた。

「つまり、その女性が病気だから、おまえさんは浮気したというわけなのかい？」

「そ――そんな――」

若者は昔の映画のヒロインみたいに、よろめいた。

「決して――そんな――」

「お付き合いしてる相手が、二人居るってことかい？」

殿と登天さんは、顔を見合わせる。二股のお付き合いくらいでは、平安貴族は少しも動じないのだ。恋人Aに会いに行ったもののうまくいかず、その足で今度は恋人Bを訪れたとしても、特に非難を受けるようなことではない。

「いいんじゃないでしょうか」

「ああ、どうってことねぇな」

「今の人たちは、うるさく云うかもしれませんが」

「恋愛が窮屈だと、文化が衰退しちまうぞ」

殿は若者の肩をグイッと抱いて「ボーイズビーアンビシャス！」と云った。

若者はすごく困ったように笑ったが、非難されずに済み、明らかに安堵しているようだった。それで気が緩んだのか、婚約者の写真を見てほしいなどと云い出す。

「この人が、婚約者なんです」

照れと自慢の中に、いささかの罪悪感の混ざった態度でスマートフォンを差し出した。小さな液晶画面の中には、小野小町《おののこまち》も顔負けの美女が静かにほほ笑んでいる。真ん中で分けた長い黒髪と、悲し気に整った顔立ち。殿はこの女性が十二単《じゅうにひとえ》をまとった姿を夢想して、デレデレした。登天さんは、反射的に即興の和歌を呟く。そして、改めて若者の顔をまじまじと見た。

「おまえさんは、幸運な男だねぇ」

殿はしみじみと云う。

「しかし、この人を失う苦しみは、ひとかたならぬものだろうよ」

「…………」

若者の顔が、泣き出す瞬間の赤ん坊のようにゆがんだ。登天さんは革靴で殿の向《む》こう脛《ずね》を蹴飛ばしつつ、優しく若者を見上げる。

「だから、あなたは悲しんで道に迷ってしまった。そのときに、トモヨさんに助けてもらったのですね」

「は――はい」

若者は「付き合い出したばかりなので、まだトモヨンの写真はないんです」などと、律儀にも間の抜けたことを云って「すみません」と謝った。

「さては、トモヨンはさほどの美女じゃねぇな？」

余計なことを云う殿は、再び登天さんに向こう脛を蹴られる。

「トモヨンは、市電通りまでぼくを案内してくれました。ぼくの頭の中は、婚約者が死んでしまうということでいっぱいで、そのときも泣き出してしまったんですけど――」

「トモヨンは、びっくりしただろうね」

「ええ」

市電通りに着くまでにずいぶん話したが、若者は何を云ったのか具体的には覚えていない。トモヨは「そっか」とか「わかるよ」とか、シンプルな相槌《あいづち》を打つだけで、アドバイスのようなことは云わなかった。

市電の停留所まで送ってもらい無事に帰宅した後の数日間は、若者は以前のような日常に戻ることが出来た。しかし、婚約者を見舞うと、また悲しみはよみがえる。仕事をしていても、こらえ切れずに涙がこみ上げてくる。

――そっか。

――わかるよ。

若者はトモヨの口調を真似《まね》て呟いてみた。鼓膜に響くのは自分の声でも、意識に届く間にトモヨの言葉のように感じられた。すると、心の痛みは少し和らぐのだ。そのことに気付いた若者は、真夜中にもかかわらず市電に飛び乗った。

「トモヨさんには会えたのですか？」

「はい。ラッキーな偶然で――」

その日は竜ノ元町の夜祭りで市電通りはひどく混雑していたが、トモヨを捜して彷徨っていたら、先方から声を掛けられたのだという。

――ひょっとして、会いに来てくれたの？

――迷惑だよね、ごめん。

――やあだ。嬉《うれ》しいに決まってる。

三角公園という、ロータリーを兼ねた狭い公園のベンチに、二人で腰かけた。お祭りだから、色とりどりの三角旗が幾重にも飾られていた。トモヨは露店で缶紅茶を買った。若者は、こんなときはビールを飲む方が一人前の男だという気がしたけど、下戸《げこ》なのでサイダーを買った。音の割れたスピーカーから、歌詞を日本語に翻訳した古いシャンソンが流れている。そぞろ歩く人たちの会話が、交差しながら通り過ぎた。そうした音に混じって、若者の愚痴も湿気た風の中に吸い込まれてゆく。

——そっか。

——わかるよ。

トモヨの眼差《まなざ》しを浴びるうちに、悲しみが消えてゆくのを若者は実感した。以来、彼は足しげくこの町へと通うようになった。やはりはじめのうちは偶然を装っていたが、次第に待ち合わせをして会うようになった。そうなると、もはや立派なデートというもので、つまり浮気だ。罪悪感でまた別な痛みが生まれたものの、トモヨの顔を見るたびにそんな気持ちも消えてしまうのだ。

「あッ」

不意に若者は声を上げると、殿と登天さんの方を振り返った。

ブロック塀の前に赤い消火栓があり、塀には筆文字で標語を書いたブリキ板が貼ってある。

——要注意、迷わぬうちに、引き返せ——。

塀の内側から無花果《いちじく》の枝が伸びて、ムッとするような夏の香気を放っていた。つまり、これまで見て来たのと変わるところのない、古びて凡庸な路地の眺めである。

「ちがうんですッ、ちがうんですッ」

若者は消火栓と、少し先の赤いトタン屋根の家を交互に示した。

「これが市電通りに抜ける目印なんですよッ。消火栓を過ぎて赤い屋根の家を左に曲がるとッ——」

子どもみたいに喜び勇んで、若者は殿と登天さんを案内した。

赤い屋根の家のすぐ先に、路面電車を降りたときと同じ、にぎやかな大通りが伸びている。

「こんな抜け道があったのかい」

路面電車の停留所のすぐ後ろに、目的のアゲマキ宝飾店があった。

「ここだッ」

観音開きのガラスのドアに、気取った書体で屋号が記されている。しかし、無情にも『CLOSED』の札が掛かっていた。

「そんな……ッ」

夕暮れ時にはまだ間があるが、今日は早めに店じまいしてしまったらしい。今日中にプレゼントを受け取ってトモヨに贈るという目的は、もはやかなわないということである。

「この先だってチャンスはあるのです」

「そうともさ。七夕《たなばた》の織姫彦星《おりひめひこぼし》じゃあるまいし」

落胆する若者を、二人は口々に励まそうする。そんな最中だが、若者の顔に光がはじけた。

「あ、トモヨンッ！　先に来てくれてたんだッ？」

若者が声を掛けたのは、やせて小柄な女性だった。

白いワンピースにピンク色のボレロを羽織った彼女は、待ちくたびれたという様子で素早くこちらを振り返る。栗色《くりいろ》に染めた髪の毛が、はずみで揺れた。

その刹那、殿は強烈な違和感を覚え、思わず後ずさった。傍らを見ると、登天さんはとっくに数歩も後ろに居る。

「やあだ」

と、トモヨは云った。若者はトモヨに駆け寄り、抱き着かんばかりに寄り添う。

「遅くなって、ごめんね。また迷っちゃったんだ」

「そうだと思った。だから、アゲマキさんには、あたし一人で行って受け取って来たの」

そう云って新しい指輪をかざしてみせる手には、深い皺が刻まれていた。その声は絞り出したように嗄《か》れ、小さな顔は千年生きてきた登天さんよりも老けて見えた。

＊

「彼には、あの女性がどう見えているのでしょう？」

殿と登天さんは、滝ノ元町に向かうバスの最後部に腰を下ろしている。

半夏生を過ぎてすぐの夕刻はいつまでも明るいが、勤め人の帰宅時間はとっくに始まっていた。しかし、バスの中には二人の姿よりなかった。

車窓から、ビルが重なる風景を眺める。高架下の商店街を、勤め人が、主婦が、学生と思《おぼ》しき若者たちが、すたすたと行き交っていた。一日の義務から解放される時刻、善男善女の表情には疲労と安堵が混じっている。

「ですから、殿――」

登天さんが、遠慮がちに呼びかける。殿は「んあ？」といかにもリラックスした声で応じたが、いささかわざとらしい感じがする。

「あの若者には、トモヨさんが若いお嬢さんに見えているんでしょうね」

「おそらくなぁ」

「トモヨさんは、あの若者に取り憑《つ》いているのでしょうか？」

「おそらくなぁ」

「トモヨさんは、怪物というか魔物というか——」

「エンティティだ」

殿は背筋を伸ばして、居住まいをただす。

「あの婆《ばあ》さんは生身の人間かもしれないし、魑魅魍魎《ちみもうりょう》の類かもしれない。しかし、場合によっちゃ、その境目は曖昧なもんさ。生身の人間は幽体離脱して奇っ怪しごくの振る舞いをするし、鬼は友だちが欲しいと云って泣いたりもする」

「そういうのは、フィクションなのです」

「ふん。千年生きてるからって、そう決めつけるのは傲慢ってもンだぜ」

殿は口の端っこで笑った。

「わしはね、そういう面倒くさいものは、まとめてエンティティと呼ぶことにしている。それでさ、あの人っ子一人居ない町——あそこは、町ごとエンティティなんだね。竜ノ元町ってのは、トモヨ婆さんが作り出した、現実には存在しない土地だ。だからこそ、あんなに迷路みたいに入り組んでるし、ババア趣味であんなに古臭いんだ。人っ子一人居ないのは、トモヨ婆さんが、町は作れても人間までは作れないからだろう」

「猫が居たのです」

「ふむ。あの猫たちだけは、案外と生身なんじゃないかなあ。トモヨ婆さんのシャングリラが居心地よくて、住み着いちまったんじゃないのかな」

「住み心地良いと思ったのは、猫たちばかりじゃないのです」

若者はトモヨに会いたくて真夜中に市電に飛び乗ったと云っていた。市電は真夜中は動いていない。そもそも、竜ノ元町などという土地は、この辺りの地図には載っていない。地図にない町へ、市電が通じているはずもない。

「竜ノ元町ってのは、戦前の町名らしい。あの辺りは、今では土地のデコボコも均《なら》されて路地もつぶされて、問屋街になっているんだよ。地名も問屋倉庫一丁目と二丁目だ」

殿は買い求めたばかりの市街地図を示しながら云った。

「やっこさんは、さしずめ蜘蛛《くも》の巣《す》にかかった無邪気な蜜蜂ってところかね。あんな町は案外と現世のあちこちにあって、うっかりすると迷い込んでしまうのかもしれねえなあ」

「確かに、最初に迷い込んだとき、彼は心ここにあらずの状態——究極のうっかり状態だったのです」

「二度も三度も迷い込めば、今度は馴染《なじ》み始める。やがては、取り込まれてしまうんだろうよ。元より、トモヨ婆さんはそれが目当てなんだろうし」

殿は、ブルリと身震いの真似をした。

「では、どうしてわれわれまでもが、竜ノ元町に行けたのでしょう？　今のところ、あの町は、彼だけを待っているのですよね？」

「あいつだって最初は偶然に迷い込んだわけだから、わしらも偶然に入り込んだんじゃないのかね？　云ったろう。そんな現実ではない土地は、案外とあちこちにあるんだって」

「くわばら、くわばら——」

窓外を見やった登天さんは、慌てて降車ボタンを押した。

「着きましたよ、殿。今度こそ、滝ノ元町なのです」

バス停は、商店街の入り口近くにあった。

アーチ形の看板に、『滝ノ元町』という文字が躍っている。夏らしく七夕飾りの吊《つ》るされた通りは、夕飯じたくと帰宅途中の人で賑《にぎ》わっていた。縄のれんの下がった店先から、焼き鳥の煙が上がっている。殿と登天さんはいそいそとバスを降りると、郵便を届け終えたら寄り道をする算段などしながら目的の番地を目指した。

＊

滝ノ元町三十七は、木造二階建てのアパートだった。

モルタルの壁に『カーサ・フローラル』という看板が取り付けてあるものの、建物はカーサという感じでもフローラルという感じでもない。

手紙の宛所には部屋番号が記されていなかったが、感心というか珍しいというか、六室ある部屋のドアには全て表札がかかっているので助かった。一方、外壁に取り付けられた郵便受けの箱には、部屋番号しか書いていない。

登天さんが「手紙というのは手渡ししなければ」と云い張るので、どっちみち目的の部屋まで行く必要があった。

一〇一、遠藤《えんどう》。

一〇二号室、湯浅《ゆあさ》。

一〇三号室、名井――。

でも嬉しかった。
さんざんに迷路の町を歩き回ってくたびれていたから、階段を上らずに済んだだけ

「ここなのです」

手紙の受取人の名は、名井和也という人物である。

白い縦書きの封筒には、女性らしい筆跡で宛名が記されていた。上手《うま》くもなければ下手《へた》でもない文字だが、どことなく書き手の若さが感じられて、ホッとした。トモヨ婆さんの一件で、二人とも女性の年齢というものに敏感になっていたようだ。

ドアの横にあるのは、古いブザーである。奇《く》しくも、無人の町で殿が道案内を求めて訪ねた家のものと酷似していた。

今度は留守でありませんようにと念じて押すと、薄い建材を通して人の気配が伝わってきた。「どちらさまですか」と透き通るような女性の声がした。

「登天郵便局なのです。郵便物のお届けに参りました」

「すみません。今、開けますから」

ドアが開く短い間、背後からも近づいて来る者の気配を察知した。こちらは活《い》き活《い》きと歩幅の広さを感じさせたから、若い男性のように思われた。

「あれえ？」

背後に来た男が、間の抜けた声を出す。同時に、眼前のドアも開いた。殿たちは、部屋に居た女性も、後ろから声を掛けてきた若い男も、どちらにも見覚えがあった。

「えー？　えー、なんでッ？」

部屋の中に居たのは、世にも見目麗しい——迷路の町で若者が惚気《のろけ》半分に写真を見せてくれた婚約者その人なのである。そして、後ろから声を掛けて来たのは、彼女の写真を見せてくれた若者本人だった。

「なに？　きみが、名井和也くんだったの？」

トモヨの方はどうしたと訊きそうになって、殿は慌てて口を押さえた。

滝ノ元町三十七のアパートで彼を待っていたのは彼の婚約者であり、その人の前で別の女の名を出すなど無神経極まる。たとえその浮気相手の正体が、エンティティと呼ぶべきものであったとしても。

そう考えてから、殿は再びハッと口を押さえた。

彼の美しい婚約者は、命が尽きそうな病人だったはず。亡くなった人が名残に書いた手紙が名井和也宛なら、差出人はあの婚約者ではないのか。

（つまり——）

この人は、死んでいるのではないのか？

おそるおそる上げた視線が、ドアを押さえる美しい女性に囚《とら》われた。美貌の婚約者は、柔らかな仕草で登天さんから封筒を取り上げる。

「この手紙、わたしがナイくんに宛てて書いたの」

自然な調子で、そう云った。やっぱり――。

「え？　ぼくに手紙をくれたのッ？　何が書いてあるのかなあ。ちょっと、怖いかも」

若者は悪びれもせずにそう云った。よほど図太い浮気性なのか、それとも迷路の町のエンティティに、道理も分別も奪われてしまったのか。

「そうか、あなたたちは手紙を届けてくれたんですね？　ぼくがあのときに名乗れば、わざわざ来てもらうこともなかったのに、すみませんッ」

「いいえ。宛所の住所まで届けるのが、仕事なのです」

登天さんは柔和だが感情の見えない調子で云い、ぺこりと会釈をしてその場を離れた。殿は慌てて後を追う。

「おいおい、ツラさん、彼氏を放っておくのかい？　あの婚約者は、おそらく死人だぜ。それに十中八九、名井和也の浮気に気付いているぜ。ことによると、手紙の中身はその恨み言じゃないのかね？」

「おそらく、そのとおりでしょう」

「おいおいおい、剣呑だなあ」

想いを告げてそれで済む手紙ならば、登天郵便局の前庭で簡単に煙となって届いたはずなのだ。無念や怨念があるから、わざわざ配達に来なくてはならなかった。

「それでも、渡さなくちゃならないもんなのかねぇ」

「郵便物というものは、配達されなくてはなりません」

登天さんの声は、いつになく冷徹に響いた。

「あいつの云うとおり、向こうで手紙を渡せたら、穏便に済ませられたかもしれんのに」

そう云って、殿は「ああ、そうか」と頷いた。

竜ノ元町は、トモヨが名井和也だけを待つ町だ。そこに殿たちが入り込んでしまったのは、名井くん宛ての手紙を持っていたからなのだ。手紙を配達する殿と登天さんは、一時的に彼の関係者であったから。

「それにしても、浮気相手と云い婚約者と云い――」

同情気味に呟いて、殿は名井和也の住まいを振り返って眺める。

想念を現世に出現させる老婆と、生者ではない婚約者。恐ろしい相手にばかり想われる男もあったものだ。

「妖しげな恋ばかり」

そう云ってしまうと、同情がうすれた。

千年生きている登天さんや、千年ずっと転生を続けてきた殿とて、憂いや番狂わせは雨あられと経験してきた。他人のトラブルを憐《あわ》れむなど、僭越《せんえつ》なことではある。

「思いのほか歩き回って疲れたから、さっき見た店で晩酌と洒落こもうじゃないか」

「わたしは、カラオケが歌えるところがいいのです」

夕景は夜の眺めと変わり、西の空から名残の陽光が消えた。

第二話　風の噂《うわさ》

梅雨が明けたらしい。

梅雨と通夜ってなんか似てると思ったら、急に気持ちが重たくなった。バスの車窓に広がるのは青くて明るい空なのに、ぼくは極めて憂鬱だ。これから、親友の通夜に行くのだから。

ぼくは最後尾の横長のシートの右っ側《かわ》に居て、外の景色と車内の風景をぼんやりと眺めている。バスは空《す》いていたけど、変な客ばかり乗っていた。ぼくの居る最後尾の向こう端には、まったく変な爺《じい》さんとおじさんが居る。

爺さんは小柄でよぼよぼってくらいすごい年寄りなのに、明治時代の警官とか郵便配達員って感じの恰好をしていた。この暑い中、黒い詰襟の上着に赤い線が入った黒いズボン、それに笠地蔵みたいな笠をかぶっている。……なあ、笠だよ？　現代社会に於《お》いて、なくないか？　傘じゃなくて、笠。

でも、爺さんの連れの大柄なおじさんなんか、もっと変だ。源氏物語の登場人物みたいな、すごい着物を着ていた。それに、笑える感じの烏帽子《えぼし》を被《かぶ》って、爺さんからは「殿」なんて呼ばれている。笑える。いや、こっちは親友の通夜に行く途中だし、全然笑える気分じゃないけど。

その二人とも、照れた感じも気負いもなくて、まるでそれが普段着ですよーみたいな様子をしていた。ほかの乗客は、おじさんと爺さんのコスプレには何の反応もしないで、自分たちの話に熱中している。

そいつらが、また変くさいのだ。ひょっとしたら、明治平安の爺さんとおじさんより変かも知れない。というのは、彼ら——彼女らは、こっちはまた別の爺さんと若い娘なのだが、ずいぶんと和気藹々《わきあいあい》な感じで盛り上がっている。でも、どうやら初対面みたいなのだ。

爺さんの方は僕の横のコスプレ爺さんよりは若いみたいで、白髪交じりの髪の毛を品よく撫《な》でつけて、鼈甲《べっこう》風の眼鏡を掛けている。背丈や体格も年のわりに頑丈そうで、白いサマーセーターと麻のズボンを着こなした風采は、まるで英国紳士みたいだ。

娘は、いかにも凡庸そうで善良そうだった。高校生くらいに見えるけど、夏休み前の今時分に私服でバスに乗っているくらいだから、大学生とか浪人生とかフリーターとかなのかもしれない。育ちが良くて苦労知らずなんだろう、表情にも雰囲気にも暗さがまったくない。それが、ぼくにはなにか痛々しく見えた。

で、この二人は偶然このバスに乗り合わせて、なぜか親しくなってキャイキャイと話し込んでいるというわけ。たぶん平安明治のコスプレ中高年たちもそうだと思うけど、ぼくは二人の話が耳に入るに任せていた。

——素敵なお召し物だね。

——お母さんが縫ったんです。お母さんね、洋裁の先生なの。だから、これ、世界で一着しかないワンピースなんですよ。

——そりゃあ、すごい。あんたは、幸せなお嬢さんだ。

——実は、伯母ちゃんは和裁をやってるんです。

——おお、それもすごい。でも、わたしもちょっとすごいよ。だって、わたしは——。

爺さん、そこで一呼吸置く。

——だって、わたしは盆栽をやっているのだ。

(あー)

洋裁、和裁、盆栽って、あー。オヤジギャグから脂を抜いたジジイギャグ?と、密《ひそ》かに呆れたぼくだが、娘の方はいわゆる箸が転んでも面白い年ごろだからか、大いにうけた。若い娘がキャイキャイしているのは、見ていて和む。ギャグがうけた爺さんは気を良くして、なぜか怪談を語り出した。夏の風物詩というわけか。昭和を長く生きて来た人には、そういう習慣が定着しているのかもしれない。

*

ショッピングモールから西に行った辺りに、遊歩道があるのをご存じかな?

では、遊歩道に沿って、心霊スポットがあるのはご存じかな?

あの辺りにあった会社が倒産して、社長が首吊り自殺したらしい。そのころから、近所一帯で怪奇現象が起こり出したんだ。

首吊り事件の少し前に、うちの姪《めい》っ子があの近くで花屋を開業したんだよ。子どもの頃から「お花屋さんになる」って云ってた子でね、こつこつ資金を貯《た》めてようやく始めた店だったのに、事件の後は急に客足が遠のいてしまった。本当に、不自然なくらいパタリと、誰も来なくなった。

うちの姪は、なかなか遣《や》り手《て》でね。インターネットを使ってせっせと宣伝したり、タウン誌なんかにも売り込んだりして、そこそこ繁盛していたんだよ。でも、例の事件の後は、まったく誰も来なくなってしまった。まるで何か仕掛けでもあるみたいに、一人もお客が来ないんだよ。これは、普通のことじゃないだろう。

祟《たた》りだって、姪は云っていた。わたしら――わたしとカミさんはね、そんなバカなって笑ったけど、経営不振の方は笑いごとじゃない。やっぱり、祟りだったのかなぁと今でも思うんだけど、そうだとしたら、うちの姪なんかはまだマシな方だったかもしれない。

姪の店のお隣さんが、雑貨屋でね。ここは、事件のすぐ後で店主が病気になって店を閉めてしまった。その隣の喫茶店も、マスターが病院に入ってそれっきり廃業してしまった。喫茶店の方は、体が悪いんじゃなくて急にひどい認知症みたいな症状が出たそうだ。そんなことってあるのかね。昔だったら、狐《きつね》が憑いたとか云いだすような有様《ありさま》だったらしい。

そこまでは事実なんだけど、ほかにもあることないこと、悪い噂が広まった。うちの姪の店で花を買うと不幸になるとか、死んでしまうなんて云われたりもしたよ。それもひっくるめて、首吊り社長の祟りなんだって、姪は決めつけていた。

でも、そう信じ込んだのが、却《かえ》ってよかったのかもしれない。姪の場合は土地も建物も賃借だったから、「怖い、怖い」と云ってさっさと引っ越してしまった。そりゃあ、引っ越しにかかったお金は損したけど、新天地でまた出直すことが出来たからね。

雑貨屋や喫茶店は、どうなったろう。気になるけど、興味本位な野次馬根性だけで確かめに行く気にはなれないなぁ。なにせ、首吊り社長の祟りは伝染する……なんて話をカミさんが仕入れて来てね。それも荒唐無稽な悪い噂の一つなのだろうが、身をもって嘘《うそ》っぱちだと証明してやろうなんて気概はないからね。

そもそもの震源地、社長が首吊りしたって云う会社だけど。倒産したわけだから、建物や土地はどうなったんだろう。近所の商店にまで祟りの波が押し寄せたんなら、本家本元のその場所のことが、気になるね。いや、確かめに行く度胸はないけど。

＊

湾岸道路に差し掛かり、バスが大きくカーブを切って、乗客たちは揃って遠心力に振り回される。青い空と白い倉庫街が、目に飛び込んできた。吹く風の暑さが、冷房の効いた車内に居ても感じ取れる気がした。

「ほんと、暑そうねぇ」

と、おばさんっぽい声が響く。

おばさん？

バスの乗客は、ぼくと、明治平安の凸凹《でこぼこ》コスプレコンビ、それに怪談を語る爺さんと人懐っこい娘、それで全員のはずなのに。

顔を前に向けると、通路を挟んで身を乗り出すような恰好で、大柄な中年女が爺さんの話に聞き入っていた。こんなおばさん、バスに乗っていなかったはずだ。ぼくは、それこそ幽霊でも見るような目でおばさんを睨んだけど、ほかの連中は平然としている。反対側の窓側に居るコスプレコンビは居眠りしているし、怪談爺さんは話に夢中だ。聞き役の娘も、まるで旧知の間柄みたいに新登場のおばさんと言葉を交わしている。

爺さんの怪談が始まってから、停留所は五つくらい通り過ぎていた。つまり、何のことはない。ぼくがぼんやりしているうちに、このおばさんは普通にバスに乗り込んで来たんだろう。

＊

わたしが知ってる話は、その問題の場所に新しく入った電気工事会社のことだと思うわ。シンゴウ電設っての。前の会社は、ＡＱ設備工業でしょう？　あら、実名を出してマズかったかしら。いいわよね、ここだけの話ってことで。うふふ。

わりと、最近の話なんだけど、そこに新規採用の男の子が来たのよ。新規採用って云っても、新卒じゃなくて。なんでもねえ、ずっとフリーターしてて、一念発起して就職したんですって。左利きで長髪で、ちょっとイケメンだったらしいわ。

霊感が強かったのかしら、その子だけが怖い目に遭うんですって。ドアの外に人の気配を感じたり、トイレの鏡に知らない人が映ってて、振り返って見たらだれも居なかったり。

そういうのって、ありがちな怪談って感じがするでしょう？　わたしも、最初に聞いたときは、月並みな話だって思ったのよ。でも、いざ実際に体験したらって想像してみなさいよ。めちゃくちゃ怖いと思わない。でしょう？

で、その気配とか鏡に映っていた人の人相を聞いてみたら、どうやらＡＱ設備工業の社長らしいってことになってってね。そう、自殺した、問題の——。

どうやら、それに気付いちゃったことが、よくなかったみたいなの。ＡＱの社長の幽霊が出るらしいって話になってから、今度はほかの人たちの前でも変なことが起き出したのよね。

皆で使っている冷蔵庫の、中のものが一斉に腐っちゃったとか。年配の社員が階段から落ちて足の指を骨折したり。怖いからって玄関の戸のすぐ外に盛り塩をしたら、めちゃくちゃにされていたり。

そうね。冷蔵庫の件は停電があったのかも知れないし、冷蔵庫が壊れかけていたのかも知れない。階段から落ちたのだって、年配の人だし足元がおぼつかなかったのかも知れない。盛り塩を荒らしたのはカラスや野良猫だったのかも知れない。

確かにひとつひとつなら、そう思った方が自然ですよ。でも、そういうのが続くって、やっぱり何か可怪《おか》しいと思わない？　それに、ＡＱの社長の幽霊なんか、はっきりと人相までわかるくらいなんだから。五十年配で髪の毛を茶色に染めてて、でも変にしょぼくれた感じで、手の薬指がやけに長いのよ。何の意味なのかわからないけど、顔のわきでよく手をひらひらさせるんですって。意味不明な分、不気味よね。

それでね、初めに怪奇現象に遭っていた彼、新規採用の彼、なんと死んじゃったんですって。それも不審死。ていうか、孤独死？　アパートで心臓発作でポックリだって。まだ若いのに心臓発作で死ぬなんて、やっぱり変だと思わない？

＊

あたし、その話知ってます、たぶん。

その幽霊を見た新入社員って、やっぱ死んだんですか？　なんか、可哀想《かわいそう》だなぁ。

わたしが聞いた話だと、その人は友だちに騙されたんだって。貸したお金を返してもらえなくて、そのせいで就活に失敗したんだって。うーん、就活ってお金を稼ぐためのものなのに、どうしてお金が要るのかは不明だけど。

ともかく、そのせいで結果的に、就職してはいけない会社に就職しちゃったらしいですよ。呪われた会社に。たぶん、それが幽霊の出るシンゴウ電設だったんじゃないかな。

そこは、一見して普通の会社みたいに見えて、変な魔術を使う怪しい組織なんですよ。会社ぐるみで、恨みのある人を呪ってるの。その会社の営業を断った相手とか、社員が個人的に恨みがある相手とかを、呪っちゃうらしいですよ。

呪いの効き目についてはどうなのか知らないけど、そういう黒いことをしていると、不吉な運とか悪運とかが集まって来ちゃうんじゃないですか？　だから、変なことが続くんですよ。そう、幽霊が出たり、階段から落ちたり、冷蔵庫の中身が腐ったり――。

なんかさ、学校で習ったけど、作用には反作用ってあるわけですよね。物を押すと、同じ大きさの力で自分も物に押し返されてる――みたいな。呪いなんかも、そうなんだと思いますよ。だって、その新入社員の人、死んじゃったわけだし。

なんでもね、新入社員の人は、その会社に勤めることになった元凶の友だち――お金を返さなかった人ね、そいつのことを呪ったんですって。失恋しますようにとか、お金を落としますようにとか、破産しますようにとか――苦しんで死にますようにとか。

だから、その悪い友だちってのも、もう死んでるかもですね。きっと、苦しんで死んだんですよ。それって、ちょっといい気味かも。

＊

娘は明るい声で笑い、爺さんとおばさんも陽気に笑った。

ぼくは、連中の話に意識を奪われていた。

爺さんの云った首吊り社長の会社というのを、ぼくは知っている。

というか、その土地建物がどうなったのかを知っているのだ。

首吊り社長が経営していたのは、おばさんが云ったとおり、確かにＡＱ設備工業という会社だった。そこが倒産して、社長が社屋で縊死《いし》したというのも、本当の話だ。その後、周辺で良くないことが起きていたかどうかは、ぼくは知らない。死人が祟ったのかどうかも、まったく知らない。

ともあれ、倒産だとか自殺だとか、不吉なことがあったのは事実だから、そこは事故物件というものになったようだ。しかもあちこちの抵当に入っていただろうから、処分するのも面倒だったにちがいない。

でも、案外と早く片付いたらしい。建物も元のままで、今は同業他社の社屋となっている。それが、シンゴウ電設という名前の会社だ。

どうしてそんなことを知っているのかと云うと、親友がそこで働いていたから。これから通夜に向かう相手――亀井《かめい》城人《しろと》が就職したのが、シンゴウ電設だったのだ。

だけど、どうして、こいつらがそんな話をしているんだろう。

沈んでいた気持ちが動揺によって攪拌《かくはん》されて、泥とか澱《おり》とかヘドロとか、そんな感じのヤバイ感情が浮き沈みする。ぼくは喪服のポケットに手を突っ込んで、十個入りのシートから手探りで錠剤を一つ取り出すと、隠れるようにこっそりと水なしで飲み込んだ。前に付き合っていた彼女の部屋からこっそり持ち出した精神安定剤だ。実はこのところ——亀井が死んで以来、ぼくはこの薬に頼りきっている。

だけど、こいつらの話は正確ではない。いや、ずいぶんと嘘が交じっている。

ぼくと亀井は、ケチくさいギャンブラーだった。最初にお互いを認識したのはパチンコ屋で、ぼくも亀井もそこの常連だった。客一人一人の顔なんて覚えてもいないけど、亀井は年恰好も一緒だし仕事もしないでパチンコばかりしている自分と同類だなと思って何となく意識していた。

次に見かけたのは競輪場。このときも見かけただけで、声を掛けることもしていない。その次は、博打《ばくち》好きの知り合いに連れて行かれた雀荘《ジャンそう》で、あいつは負けが込んでウロウロと目を泳がせていた。それで視界の中にぼくの姿を認め、「あ」と云った。その場では、それだけで終わった。

まともに挨拶を交わしたのは、いつものパチンコ屋で再会したとき。再会といっても、もう何回となくここでお互い出くわしていたのだけど。

たまたまその日、店を出たのも同じタイミングだった。二人ともパチンコは（ていうか、博打全般だけど）下手の横好きレベルなのに、その日はツイていた。だから、お互いに機嫌が良かった。自動ドアのところで「ああ」とか「おう」とか云って笑い合い、差しさわりのない言葉を交わしてから、何の気なしに「メシでもおごろうか」とぼくが云った。向こうも、同じことを云おうとしていたんだと笑った。

そこから友だち付き合いが始まり、半年もしないうちに親友になっていた。お互いに、こいつになら部屋の鍵も預金通帳も預けていいやと思うくらいに。実際、あいつにキャッシュカードを預けて銀行に行って来てもらったこともある。残高なんて微々たるものだから、そのまま持ち逃げされたって大した被害にもならない——という計算は働いていたのだけど。

実際、そのときに下ろした金を二人で分けて、宝くじを買った。たまには堅実な賭けごとを、と思って買ってみたんだけど、亀井の分はぼくがおごってやった。もちろん、恩に着せる気もなかった。

友情にヒビが入り出したのは、ぼくがその宝くじに当たってしまったせいだ。

宝くじが当たったと云っても、一等のナン億円ではなくて百万円。それでもぼくや亀井にとっては目もくらむような大金なわけで、その瞬間にぼくはあいつを信じきるのをやめたような気がする。といっても、ただ、当選したことを黙っていただけの話だけど。

百万円を軍資金にしてＦＸトレードを始めたら、なぜか笑えるくらい儲《もう》けたことも、亀井には云わなかった。あの男の前では、ぼくは相変わらず貧乏なフリをしていたつもりだ。金回りがよくなったら彼女も出来たけど、そのことも黙っていた。それはぼくなりの思いやりである。金以上に、恋愛で出遅れるって悔しいだろうって思ったから。

　でも、亀井としては彼女の存在よりも、金の方が切実だった。何にしても、あいつはぼくの思いやりなんかには騙されなかった。ふらりとぼくのアパートに来て、金を貸してくれと云った。

　とっさに誤魔化そうと思ったが、ノートパソコンにはトレードの画面が出ていたし、あいつは据わった目でそれを見つめていた。

——おれも一念発起して、人生を立て直したいんだ。

　亀井はそう云って、「おまえみたいに」と付け足した。

——え？　おれ、人生なんて、立て直してないよ。こんなの博打だし。パチンコとか競輪なんかと変わんないし。ってか、ちょっとしたことで、全部なくしちゃうかもしれないし。だって、博打だもん。

　ぼくは話を逸らそうとしたけど、亀井は食い下がり、ぼくはイヤな気持ちになった。こいつとは、そろそろ縁を切ろうと思った。

——頼むよ。就職するのに、お金が要るんだよ。

——はあ？　就職するのに、なんで金が要るわけ？　おまえ、騙されてんじゃないの？

そのときのぼくは、今乗り合わせてるバスの娘と同じ疑問を持ったけど、実のところ面接用のスーツとか靴とか、就活で使うノートパソコンなんかを買いたかったんだろう。あいつは、そういう真面目な社会人らしいものを持っていなそうだったし。

——おまえさあ、遊ぶのはいいとしても、必要最低限の金くらい残しておけよ。

ぼくは、亀井を追い払った。あいつが帰った後も、しばらくは腹が立ってたまらなかった。そりゃ、ぼくだってしょうもない男だけど、あいつほど無責任じゃない。思い出してみれば、食事代にしても飲み代にしても、あの宝くじにしても、ぼくが一方的におごってやるばかりで、あいつはお返しなんて一度もしたことがなかった。親友が聞いてあきれる。あいつは、ただの寄生虫みたいなものじゃないか。

そんな風にことさらに嫌悪を募らせたのは、頼みをはねつけたという罪悪感を封じ込めるためだったのだろう。共通の知り合いから、あいつが就職したと聞いたときはホッとした。一方で、本人から教えてもらえなかったことに、腹が立った。借金の申し入れを断って以来、ぼくらは互いに音信不通だったのだ。尤《もっと》も、それはぼくの望むところであったわけなんだけど。

　バスに乗り合わせた三人——とりわけあの娘の話はバカげていたし、嘘ばっかりだったが、それでも一つ当たっていたところがある。

　——なんでもね、その会社に勤めることになった元凶の友だち——お金を返さなかった人ね、そいつのことを呪ったんですって。失恋しますようにとか、お金を落としますようにとか、破産しますようにとか——苦しんで死にますようにとか。

　その呪いは、現実のものになっている。ぼくは彼女と別れてしまったし、FXでは下手を打ち続け、亀井と出会ったころの孤独な素寒貧《すかんぴん》にもどっている。だったら、そろそろ苦しんで死ぬことになるのか。

　降車ボタンの音がして、バスはゆるゆると停《と》まった。亀井とぼくに関するイヤな話に興じていた三人は、ぞろぞろと立ち上がって前方のドアに向かった。

　三人ともが同じ停留所で降りるのか。そのことに違和感を覚えた。もしや、こいつらグルなのか？　でも、なぜ？

　ぼくが眉をひそめて見つめる中、爺さんと娘とおばさんは、挨拶を交わすでもなくそれぞれ別方向に歩き出す。ぼくの違和感は、どうやら被害妄想だったらしい。

　気持ちのやり場をなくしたぼくは、視線を落として自分の喪服の袖をぼんやりと見た。

その視界の中に、不意に葉書が差し出されたので、びっくりして顔を上げた。シートの向こう端に居た平安貴族みたいな中年男と、明治時代の役人って感じの小柄な老人がぼくを見下ろして立っていた。彼らが立ち上がった気配にも近づいて来た気配にもまるで気づかなかったことに、ぼくはまた改めて驚いた。

「あなたへの葉書なのです」

小柄な爺さんが云った。

それがずいぶんと優しい口調だったので、ぼくは逆らわずに受け取ってしまう。驚いたことには本当に、ぼく宛だった。だけど、今度は何の悪戯《いたずら》だろう。宛所が『国道経由・咲田《さきた》営業所行き市バス内』となっている。そして、差出人は『亀井城人』だ。

こいつらまでグルなわけ？

馬鹿にされているようで腹が立ったし、なにより不気味だった。

怒るか逃げるかしたかったけど、あの三人の話を聞いているうちに、ぼくはひどく疲れてしまった。いや、亀井を追い出したあの日から、ぼくは何か変だった。金を儲けたり失ったり、恋人が出来たり別れたり、そんなことに右往左往することで、ぼくはもうクタクタになっていたようだ。

「どうぞ、お読みなさい」

小柄な爺さんは、にっこりと笑う。

ぼくはまるで命じられたみたいに、葉書を持ち上げた。筆跡は下手で汚い。何度か見たことがある、亀井の文字だ。

『久しぶり。元気ですか。社員旅行でコスギ温泉に来ています。こういうのも、けっこう楽しいってのは、新鮮な発見です。

あのとき、おまえが借金を断ってくれたのを感謝してます。実は、ホストクラブの面接に行くのに、それなりな服とか靴とか買おうとしてたわけ。今にして思えば、そういうのって、おれに務まるわけないのにさ。

今の仕事は地味で普通だけど、おれには向いている気がしてます。おまえも、おまえらしくガンガン儲けて輝いててくれ。おれは前から、おまえのこと密かにリスペクトしてたんだよね。今度、飲みに行こうぜ！』

一読してから茫然《ぼうぜん》として、もう一度読んだ。これは、何だ？

「旅先で書いて投函《とうかん》し忘れたのでしょう、亡くなった彼の旅行荷物の中にあったのです。ご兄弟が、登天郵便局に持参したのですが、鼎では燃えなかったのですね。おそらく、亡くなったことに関するメッセージではなかったため、閻魔庁から故人の遺志と一致しないとみなされたのでしょう。しかし、宛所がこのバスの中に指定されているところを見ると、やはりこの文面こそがあなたに伝えたかったものだとも思えるのです」

「は？」

この爺さんは、何を云っているのだ。

閻魔庁？　それに、登天郵便局とは何だ？　あいつに兄弟が居るなんて初耳だが、死んだ人間の絵葉書を投函するより、死んだことを知らせるのが筋じゃないのか？そこから先は、もう完全に意味不明で、爺さんが何を云っているのかさっぱりわからない。

ただ、何となく理解できたのは――この文面こそがあなたに伝えたかったものだとも思えるのです――ということ。だけど、それじゃあ、さっきの三人の話はどうなるんだ。亀井はおれのせいで就職してはいけない会社に就職して、過労で心臓発作を起こし、おれのことを恨みながら死んだんじゃないのか？

「さっきの連中は、エンティティつぅもんでね。おまえさんをからかうために、森羅万象の隙間から湧いて出てきたのさ。ああした連中は、実は珍しくねぇんだなあ。まあ、大したこともできねぇんだが、小狡《こずる》いイタズラをしやがる。それを気にすると、ドツボにはまっちまうんだ。ほら、シェイクスピアの『マクベス』に登場する、三人の魔女を知ってるかい。ターゲットに悪い暗示を与えて破滅させるってぇ、感じ悪い連中だよ。ああしたエンティティへの対抗策は――」

平安貴族の恰好をしたおじさんが、落語家みたいにぺらぺらしゃべり出す。おじさんのすごく良い声が、脳みその中でビンビンと反響した。

「エン……ティティ……？」

「オバケとでも云い換えてもいいかな。妖怪とか。妖精とか。物の怪《もののけ》とか」

「つまり……？」

「あの三人が云ったのは、でたらめだってこと」

「どうして、あんたにそれがわかるんですか。ってか、あんたたちこそ、なんなんだ」

「やはりエンティティなんだよ。なあ、ツラさん」

貴族おじさんは、小柄な爺さんを見おろした。爺さんは、ぼくをまっすぐに見て、ニヤニヤする。

「こちらのお方は、だれあろう。歌人の堤中納言、藤原兼輔《ふじわらのかねすけ》さまにあらせられるのです。そして、わたしは紀貫之――」

「は？」

さっきの三人も不気味だったけど、こいつらの方が絶対に怪しい。まともに聞いていたら、こっちまで変になりそうだ。半分くらいまともに聞いてしまった自分にも腹が立って、ぼくはイライラと窓外を見る。そしたら、降りる予定の停留所がすぐ目の前に迫っていて、慌てて降車ボタンを押した。

——次、停まります。

変なことを云うコスプレ二人組を残して、ぼくはそそくさと席を立った。

「わあ……」

バスを降りた途端、刺さるような暑気に襲われた。入道雲の下に、雨を含んだみたいな黒雲が現れている。まだ夕方じゃないけど、夕立が降るときみたいな雲だ。

時計を見ると、通夜の時間が迫っていた。

それにしても、今にも降り出しそうだ。もう一度空を見上げ、ぼくは亀井の葉書を喪服の内ポケットに収めてから、足早に斎場に向かった。

第三話　羽化

「錦鯉《にしきごい》、トンボ、インフルエンザウイルス、カラス、蚊、鰯《いわし》、犬、モグラ」

「それは、何ですか？」

唐突に生き物の名を唱えだした殿を、登天さんは不思議そうに見上げた。

「わしが人間のほかに転生した生き物だよ」

「蚊……モグラ……なかなか大変そうなのです」

「まあ、だいたいひどい目にあったね」

恨みがましく、低い声でぼやいた。

「昔の信心深い連中は、親の生まれ変わりかもしれぬと云って虫も殺さなかったもんだが」

「ああ、『堤中納言物語』の中で、虫を好きな姫君がそんなことを云っているのです」

「そうだっけ」

「ときに、堤中納言とは殿の二つ名ですが？」

「二つ名たぁ、江戸のごろつきみたいじゃねえか。こりゃ、愉快」

＊

芝生に両脚を投げ出して、ユウキ少年は裁縫をしていた。

色白で肥満気味で、髪型は坊ちゃん刈り。顔立ちは、古い人形劇の『ブーフーウー』の三兄弟に似ている。つまり、決して美少年ではなかった。でも、殿は遠くからユウキくんを見るなり、「良い顔だ、良い顔だ」としきりに云った。なるほど、愛嬌《あいきょう》がある。でも、それ以上に、ユウキくんの居住まいからは、潔い信念のようなものが滲《し》みだしていた。それは、揺るぎない力を感じさせる。ユウキくんの揺るぎなさは、サムライのようでもあり、またなぜか殉教者を思わせもした。

さりとて、このふくふくした少年は気迫がすごいとか、悲壮感が漂っているのではない。それとは逆に、裁縫をしている彼はいたって穏やかな面持ちなのである。

傍らには三年前のお歳暮にもらったビスケットの缶を置き、ときたま思い出したように水筒の麦茶を飲む。缶は十五センチ×十センチ×五センチほどの直方体で、全体的に輝度の低い緑色をしていた。蓋を取ると、中には裁縫道具がきちんと整頓されて収められている。幕の内弁当を見るとなぜか気分が浮き立つみたいに、誰しもユウキくんの裁縫箱を覗《のぞ》くと楽しくなる。

「えもいわず、雅《みやび》やかな感じがする」

裁縫箱の中身を眺めながら、殿は猫みたいに目を細めた。

ピンクッションはフェルトと刺繍《ししゆう》糸のお手製。鳥の形をした小ぶりな洋ハサミと、何色かの縫い糸、何色かの刺繍糸、ボタンとビーズとリボンが少しずつ、小さな巻き尺、小さな定規――。裁縫箱は秩序立った小宇宙であり、ユウキくんは宇宙を統《す》べる神だった。善良で慈悲深い神だ。良い顔なのも、むべなるかな。

「おじさん、素敵なお召し物ですね。触ってみていいですか」

ユウキくんは、礼儀正しく云った。

いつものことだが、世の人々は殿の平安装束を見ても登天さんの明治時代の服を見ても、あまり非常識だとは思わない（少しは、思う）。それは騙し絵の原理に基づいた錯覚を利用している――らしいのだが、当の殿たちとて正しく説明できるわけではない。ユウキくんもまた世の現世人《うつしびと》と同じく騙くらかされているものの、そこは一途《いちず》な手芸の徒として興味を持たずには居られないのである。

「可愛《かわい》いなあ。メルカトルにも、今度こういうのを作ってあげようね」

ユウキくんは、作りかけのぬいぐるみ——古生物とカタツムリと闘牛を融合させたようなすごくけったいなヤツに向かって、優しい声で話しかけた。その変てこなヤツの名前が、メルカトルという。

ユウキくんは天才手芸少年にして、比類なく独創的でめちゃくちゃ可愛くないぬいぐるみをこしらえる達人だった。勉学や運動もそこそこの成績だが、そんなものにエネルギーを使うのを惜しんでせっせせっせ、せっせせっせ……と裁縫ばかりしている。つまり、変わり者なのだ。

今日び、こういう変わり者は、周囲の大人からある程度は認めてもらえるようになった。しかし、それは頭で理解しているだけのこと。理屈でわかろうと努めているだけのこと。

同輩の小学生たちは、そうもいかなかった。

家で学校で、とかく口やかましく躾《しつ》けや説教を食らうものの、基本的に童子というのは直感的で直情的で無遠慮だ。だから、ユウキくんは学友たちから当然のように変わり者扱いをされ、ちょっと見下されていた。童子が常に純粋で愛と友情と絆《きずな》の権化であるなどというのは、大人たちの妄想である。

というわけで、ユウキくんは同輩の友人を持たなかった。それを勿怪《もつけ》の幸《さいわ》いと、人付き合い――つまり友だちと遊ぶべき時間を全て裁縫に費やしている。

確かに彼は天才手芸少年だし、サムライや殉教者のように一途だし、気の合わない者と付き合ったら不愉快な思いをするにちがいないと考えている。

それでも、気持ちのどこかで、ユウキくんは今の安楽な孤独が不満だった。友人と云える存在が欲しかった。常日頃から自作のぬいぐるみたちを《友だち》と呼んでいるのも、やはり友人が欲しかったからである。

「メルカトルは、けっこうおしゃべりなんです。彼の声はぼくにしか聞こえないから、全部聞いてあげるのがぼくの義務っていうか――。それによると、彼の故郷は《座国《ざこく》》というらしいです。けっこう横暴な王さまが治めている国で、でも別に悪人ってほどじゃないんですけど、幼稚って云うか駄々っ子みたいって云うか――早い話が君主の器じゃないヘボ野郎なんだそうです。で、メルカトルはイヤになっちゃって、ぼくのところに逃げて来たんですよ」

「おまえさんは、こしらえる《友だち》一つ一つに、そういう出自まで誂《あつら》えてやるのかい？」

「シュツジって？」

「プロフィールのことなのです」

「ああ、プロフィール。いや、ぼくが考えたんじゃなくて、彼らがぼくに話してくれるんです」

　ユウキくんはそう云ってから「なんちゃって」と笑った。

「そう考える方が、楽しいんです」

　云い終える前に、サッカーボールが飛んで来て、ユウキくんはメルカトルを取り落とした。

　次の瞬間、甲高《かんだか》い哄笑《こうしょう》が合唱みたいに折り重なって響き渡る。ボールを追いかけて来た童子たちが、まだ小柄な体格を精いっぱい大きく見せるようなポーズを取り、大笑いしている。つまり、仁王立ちして馬鹿笑いしている。

「ユーキ、わりーわりー。おまえ、裁縫パワーで、バリアとか張ってると思ったわ」

　ひときわ悪たれた感じの童子が云うと、ほかの連中もめいめい意地悪なことを云って更なる嘲笑を浴びせた。童子ながら堂に入った悪漢ぶりである。

　ユウキくんは好戦的な質《たち》ではないようで、対抗する様子はなく太り気味の体を縮こまらせて、悲しそうに俯《うつむ》いている。そこで油を売っていた登天さんと殿の方がよっぽど血の気が多かったようで、まずは登天さんがすっくと立ちあがった。

「…………？」

暑苦しい詰襟の服に案山子《かかし》みたいな笠をかぶった変な爺さんが、こっちを見てこっちに向かって来る。何だかわからないけど、不気味である。

「やまと歌はァ〜、人の心を種としてェ〜、よろずの言の葉とぞなれりけるゥ〜。力をもいれずしてェ〜、天地《あめつち》を動かしィ〜」

高齢者とは思えない骨の髄までビンビン響く声で唱え終えると、今度は殿が傍らに立つ。呆気《あっけ》にとられる童子たちに向かって、応援団長かブルース・リーみたいなすごい声で「キエエエエ！」と一声怒鳴った。

なんだかわからないが、非常に危険な感じである。童子たちは、血相を変えて逃げ出した。その中の一人が、わざわざ脅かすために持参したのであろう、緑色をした実に不気味なものをユウキくんの腕の中に押し付けて行った。

「これでも、くらえー」

悪ガキどもの中で紅一点、短髪の女童である。

「なんだ、なんだ？」

悪童たちが逃げた後で、われに返ったユウキくんと殿たちは、改めてその緑色をした不気味なものを検分した。魚のような人間のような、この世のものとは思われない不気味でおぞましい生き物の生首――。

「うわあー！」

三人そろって悲鳴を上げ、不気味なものをポンと高く放り投げる。それが落下して再び手に取ったユウキくんは、また悲鳴とともに取り落としてしまったのだけど、三人の中では最初に冷静さを取り戻した。

「これ、ゴムのおもちゃです。ハロウィンの仮装とかで使うヤツ」

まだ興奮が冷めきらないのか、早口で云った。そして、イヤそうに地面に置く。殿たちも気を取り直して、改めてしげしげ観察した。恐ろしい形相に加えてゴムの生々しい感触がまことに不愉快なのだが、造形としてはユウキくんの作ったメルカトルだって負けていないくらい不気味ではある。

「今のは、いじめってもんじゃないのか？」

殿は悪童たちが逃げて行った方を睨み、憤然と云った。ユウキくんは無表情に「ふう」と息をついた。

＊

公園のある高台から、一本道をゆるゆると下りる。

稲荷神社《いなりじんじゃ》の境内を通り抜けると近道になるのだ。社務所のわきの鳥居から入って暗い境内を、ちょっと怖々と進んだら、拝殿の階段に短髪の女童が腰かけて居た。ついさっき、ユウキくんをからかいに来た連中の中の一人で、わざわざ半魚人のゴム仮面を押し付けて行った子どもだ。

なにしろ殿たちは印象深い風采をしているし、女童の方は一等あくどい真似をした怨敵なので、互いにその人相風体は忘れようもない。

「ややっ」

殿と登天さんは同時に警戒の声を発し、一方の女童は「あー」と云って笑った。

「笑ってんじゃねぇよ、こんちきしょうめ」

殿は思わず大人げない啖呵《たんか》を切ったけど、女童の方は呑気《のんき》なものである。

「おたくたち、ひょっとしてユウキの知り合い？　親戚とか？　まさか、親父《おやじ》と爺さん？」

「いいえ。通りすがりの者なのです」

殿が「てやんでえ」とか「べらぼうめ」と怒り立つ横で、登天さんが冷静に云った。

「あなたは、ユウキくんの学友のようですが」

「ガクユー？　ああ、学友、学友。はい、学友です」

女童は、カナンと名乗った。苗字《みょうじ》なのか名前なのかはわからないが、あんな凶悪な悪戯をした割には、礼儀正しい。

「あいつ、どうしてた？　ゴムのお面を見て」

「ユウキくんですか？　驚いてましたよ。でも、すぐに冷静さを取り戻していましたが」

「なあんだ。平気だったのか」

カナンは、吐き捨てるように云った。

「あんなもんでビビるわけないって、あたしも云ったんだよ。でも、ほかの男子たち幼稚だから、ああいうのが一番だって決めつけてんのよ。ったく、ダッサ。ガキくさ」

それから一しきり「ダッサ」と「ガキくさ」を繰り返してから、「あたしは、もっと決定的にあいつをびっくりさせられるもの、持ってんだ」と嘯《うそぶ》いた。

「相手の気を引くために意地悪するなんざ、それこそ幼稚ってもんだ」

殿が云う。こちとら千年も輪廻転生を繰り返しているのだから、女童ふぜいの魂胆など簡単に読める。どうやら、この子はユウキくんのことが好きなのだ。まだ子どもだから恋愛などときちんと意識できていないのかもしれないが、悪目立ちしてでも気にとめて欲しい――らしい。その証拠に、カナンは「ちがうしー」とか「バッカじゃないのー」とか騒ぎ出した。

「確かに、ユウキくんは、あまりビビらなかったようです」

「だよね。あいつらって凡人だから、発想もボヨンなわけ」

「ぼよ……？　ええと、凡庸ってことですか？」

「うん、それ」

「で、あなたならもっとユウキくんの気が引けると？」

「別に気を引こうってわけじゃないけど」

カナンは背負っていたランドセルを下ろす。

「マジな話、おたくたちはユウキとどんな関係なの？」

「変わり者同士です」

そう答えると、カナンは納得したように頷く。

「そっか、なーるほど。お爺さんさ、さっき『やまと歌は、人の心を種として、よろずの言の葉とぞなれりける。力をもいれずして、天地を動かし』って云ったよね。あれって言葉の力は万能って意味でしょ？　マジでそうなの？」

「はい、マジでそうなのですよ。しかし、お嬢さんは大変にお若いのに、あのような面倒な言葉をすぐに覚えてしまったのですね。アッパレなのです」

「まあね」

カナンは得意さを隠しもせずに顎をツンと上げて、それからランドセルをかき回し出した。

「お爺さんは、国語の先生だとか?」

「教員の経験はありませんが、歌集の編纂《へんさん》を手がけたのです」

「ええと……うーん。カシューノヘンサン――って、日本語ですか?」

「つまり、同人誌を出した――とでも申しましょうか」

「ああ、それでコスプレしてるんだ。なるほど、なるほど。お爺さんたち、セミプロって感じなのね?」

カナンが若く澄んだ目をキラキラさせて殿と登天を交互に見つめるので、二人とも悪い気はしない。

「ねえ。これを読んで感想を聞かせてくれない?」

暫《しば》しのためらいの後、カナンは一冊のノートを取り出した。国語用のジャポニカ学習帳である。開いてみると、青色の細かい升目いっぱいに、文字がぎっしりと詰まっていた。カギカッコがあり、固有名詞らしいカタカナが頻出し――どうやら、小説のようだ。

「おまえさんが書いたのかい？」

殿が目を丸くした。カナンはさすがに照れくさいらしく、「下手なんだけど」などと云って、明後日《あさって》の方角を見やる。殿と登天さんは改めて文面に目を落とし、そこに「ユウキ」と「カナン」という登場人物名を見つけた。「メルカトル」なるカタツムリも出て来る。

＊＊＊

ユウキのぬいぐるみ戦記　　菱田《ひしだ》　夏南《かなん》

❶　反逆者

これは、ザ国、タル分別王《ふんべつおう》の治世に起こった歴史的大投獄事件のおはなしです。

世界中にいろいろある歴史的なおはなしには、夢のお告げとか占いとかを信じた王さまがトチくるったことをして、それで国民が大めいわくしたってパターンがありがちだけど、分別王がやらかした大投獄事件もそんな感じです。

夏の午後のこと。

ユウキという名の丸ぽちゃの少年が、都の中心を流れる大川のほとりを歩いていました。

丸っこい肩には、親友のメルカトルを乗せています。肩に親友を乗せるとは変な話ですが、メルカトルはカラスくらいの大きさで体重は小さめのマクラくらい。それは、ユウキがこしらえた不細工すぎるぬいぐるみなのです。

いいえ、ぬいぐるみというよりも腹話術の人形という方が正しいかもしれません。なんたって、メルカトルはしゃべるのですから。でも腹話術なら腹話術の名人が口を動かさずに人形のセリフをいうのですけど、ユウキはドンくさい少年だから、そんなことはできません。つまり、メルカトルは自分でしゃべっているのです。

ユウキはドンくさい少年ですが、特別な力を持っていました。超能力といってもいいかもしれません。なにせ、自分で考えておしゃべりする——しかも、かなりかしこい——そんなぬいぐるみをこしらえることができるのですから。

いつでもどこでも、変なことってあります。変なことが続けば、それは普通のことってことになります。ユウキの作る生きたぬいぐるみについても、人々は普通のことだと思ってました。あれはドンくさい子どもだけど、なかなかめずらしい特技があるのだなぁと、そんな感じです。でも……。

「おい、メルカトルに何かしゃべらせろよ」

土手のしげみで虫取りをしていたいじめっ子たちが、ユウキの姿を見つけると意地悪にはやしたてました。彼らは本当はメルカトルに興味しんしんだったのですが、素直な態度をとるのは恰好悪いと思っているのです。

ユウキは不安そうに、そしてメルカトルは怒った顔で振り返ります。

メルカトルはカタツムリの怪物といった感じのフォルムをしていました。目玉がツノになって飛び出しているのですが、それでも不機嫌そうにみけんにしわを寄せました。

それを見たいじめっ子たちは、すこしひるみましたが、そんな感じでビビッてしまったことがくやしくもあり、メルカトルをさらってにげ出したのです。

「放せ、バカガキめら！」メルカトルの怒った声が、遠ざかって行きます。

「えー。やめてよ」

驚いたユウキが追いかけようとしたのですが……。

ユウキはメルカトルを取りもどすために、いじめっ子たちを追うことができませんでした。

というのは、お城の兵士たちがワッと来て、ユウキをつかまえてしまったのです。

「え。なんですか……？」

乱暴な感じでふんじばられながら、ユウキはせいいっぱいの不満をこめてたずねました。

「だまれ、反逆者めが！」

隊長らしい立派な軍服の男がいいました。反逆者？　はあ？　何のこと？　ユウキは意味がわからないし腹も立ったのですが、ここはその気持ちをのみこみました。いつも、メルカトルに、こんなお説教をされていたからです。

「感情とは、あぶくのようなものだ。シャボンの香りでもするならともかく、怒りやおく病なんてのはくさいヘドロにうかぶあぶくである。そんなものを相手にぶつけたら、ボコボコにされるのがオチだ。命がおしけりゃ、だまっていろ。だまって、作戦をねるのだ」

けん命に口をつぐむユウキが、兵士たちに連れ去られる後ろ姿を、町むすめのカナンが物かげから見つめていました。子ジカを思わせる大きなひとみは、ぱっちりと見開かれています。

「大変……」

　いいい、たえなる笛の音《ね》のような声でつぶやくと、カナンはきびすを返して走り去りました。

❷　メルカトルと離れて

　メルカトルの教えどおり、おとなしくしていたかいもなく、ユウキは城の地下にある牢屋《ろうや》に閉じ込められてしまいました。城の地下などというと、何やら恰好良い感じがしますが、実際にはゴキブリとかカマドウマとかドブネズミがたくさん居るし、おフロとかトイレの設備がおざなりだし、暑いしくさいしきたないし、もうさんざんな場所です。

　そんなヒドイところなのですが、ユウキが来たときには、すでに満員状態で囚人がたくさんいました。囚人といっても、あまり悪人っぽい人たちではありません。お医者さんとか、本屋さんとか、お坊さんとか、街角でよく演説とかごみ拾いをしてる立派な人ばかりです。

「みなさんは、どうしてこんなところに……？」

　牢屋とは罪人が入れられる場所だと思っていたのに、ここに居るのは正しい人たちばかりに思えて、ユウキはわけがわからなくなりました。でも、悪人たちでぎゅうぎゅうづめの場所に居るよりはマシかもと思いました。

「われわれの罪状は、反逆者ということだ」

旅人だという男がいいました。名前はリュウと名乗りました。

「あの……ぼくも、反逆者なんでしょうか？」

確か、ユウキも隊長っぽい人にそうののしられたのでした。丸ぽちゃで内気で人見知りばかりしているユウキの、どこをどう見たら反逆者ってことになるのでしょう。ユウキはますますわけがわかりません。

「王がバカだからだ」

リュウが吐き捨てるようにいうと、囚人たちは「ほんとうに」「そのとおり」と口々に騒ぎ出しました。なるほど、そんなところは反逆者っぽいとユウキも思います。でも、急にこんな汚らしい場所に閉じ込められたら、悪口の一つくらいいいたくなっても仕方ない気がします。

ああ、メルカトルが居てくれたらなあ……。

そう思ったら、思わず涙があふれてきました。いじめっ子たちは乱暴で無分別だから、メルカトルがひどい目にあわされていないか、急に心配になります。

「きみは生きたぬいぐるみを作り出せるから、王にとっては最悪の反逆者なのだ。生きて城から出ることは、かなうまい」

リュウがそんなことをいうので、ユウキは「なんで？　なんで？」といって泣き出してしまいました。メルカトルやほかのぬいぐるみたちのことは、町の人たちだってなっとくしていて、面白い特技だってくらいに思っているのです。いじめっ子にいじめられるだけでも大変すぎることなのに、最悪の反逆者なんていわれたらもう泣くしかないじゃありませんか。だって、ユウキは意気地なしでドンくさい少年なのですから。

❸　分別王

最初にいったとおり、この大投獄事件は王さまのご乱心が原因だったのです。

じゃあ、王さまはバカヤローでロクな政治をしないのかというと、そうでもないんですけど。

王さまは「分別王」と呼ばれていました。王家の人たちは、《標《しるべ》の名》といって、こうした二字熟語の名前を持っています。その名前を人生や治世の目標にしてはげむようにと、祖先が決めたのです。

分別王も、確かにそのとおり立派に国を治めている——のですが、《分別》の名前のとおり、考え過ぎるという悪いクセがあります。そんな王さまが、去年の冬、ひどく気になる夢を見ました。

夢の中で、分別王はどこかの山頂に居ました。

「ここは、どこじゃ。たれぞ、居《お》らぬのか。大臣ー！　妃《きさき》ー！　神官ー！　道化ー！」

しかし、返事をする者はなし。王さまは分別ぶってうで組みをしました。これが夢であることに、王さまは気付きました。昔から、こうした意味ありげな場面に出会ったら、夢を見ているかもしれないので注意するようにと、父王にいわれていたのです。ちなみに、父上の名前は信心王《しんじんおう》といいました。

王さまが「これぞ、夢のお告げにちがいない」と確信して身構えていたら、あんのじょうです。もう一人の分別王が現れて、おごそかにいい放ちました。

「この国は反逆者であふれているぞよ。中でも布と糸と綿で生命を生み出す少年、これが最悪である。こやつはやがて神のフリをして、国民をたぶらかすであろう。そして、王朝はつぶされるのだ。命がおしくば、反逆者をとらえよ。王家を守りたくば、けしからん悪魔の少年を処刑するのだ！」

もう一人の分別王は、ユウキの名前と住所を告げました。

その後すぐに、王は目覚めてはげしくさわぐ胸を押さえました。悪夢というのは、だいたいが真にせまっているものですが、科学と迷信がまぜこぜになった時代に考え過ぎる王さまがこんな夢を見てしまったら、ロクなことはありません。

ということで、反逆者狩りのターゲットの選定や調査などが、こっそりと始められたのでした。その人たちが牢屋にぶち込まれだしたのは、つい一昨日からです。最恐のユウキは作戦開始から三日目の今日、満を持して集められた精鋭たちによって囚われてしまったのでした。

❹　天に代わって？

「そなたが、最恐のユウキなのか」

分別王はちょっとがっかりしたような声を出しました。

すごく強そうなヤツだと思っていたら、丸ぽちゃの子どもがきょとんと自分を見上げていたんですからね。

家来たちとしては、ユウキを最恐と認定したのが王さまの夢のお告げなんですから、あだやおろそかにはできません。で、それなりに敬意を払われたユウキは、謁見の間にまで引き出されたのです。そこは外国からのお客さんや大切な宮廷行事にも使われる広間なので、どこもかしこもゴージャスでキラキラしていました。ユウキは感心して四方八方を見渡さずにはいられません。

ステンドグラスの窓、百人の天使が描かれた天井画、白蝶貝《しろちょうがい》と金箔《きんぱく》でかざられたかべ、美しい半魚人たちの大理石像、ふめばメロディを奏でるすごい床——。

（って……）

ユウキはあわてて気を取り直します。

「最恐って、あの——」

「神のフリをして国を乗っ取ろうとたくらむ極悪人めが。天に代わって成敗してくれるぞよ」

「え。天に代わってっていう王さまの方が、神さまのフリをしてることになると思いますけど」

ついそんなことを口にしてしまったのは、ユウキにだって意地があるというよりは、やはりパニックにおちいっていたからでしょう。王さまに「成敗してくれるぞよ」なんていわれたら、平気でいる方がおかしいです。

しかし、分別王は最恐ユウキに反抗的な態度をとられたと思い、いよいよ「恐ろしい子どもじゃ」と思ったようです。

「明日、夜明けとともに開国以来最悪の方法で処刑してくれる」

王さまは、すごく怒った声でいい放ちました。

（えー）

こうして、ユウキはくさくてくらい牢獄《ろうごく》へと連れもどされたのでした。

❺ 脱獄

ユウキは怖さのあまり眠ることもできません……というわけでもなく、案外とぐっすり寝てしまいました。夢の中にメルカトルやほかのぬいぐるみたちが出てきて、口々に大丈夫だよといってくれました。

実は普段だと、ぬいぐるみたちは案外と意地悪で、そんな優しい言葉などかけてはくれません。怖がりで心配性のユウキのことですから、こんな変化を目《ま》の当たりにしたら、たとえ夢の中だろうと悪い予感をおぼえるはずです。でも、このときのユウキはとことんまで絶望していましたから、なかよしのぬいぐるみたちに会えて「よかったなあ」とだけ思いました。

「ユウキ――ユウキ――」

目を覚ましたとき、くさい牢の中は囚人たちのいびきで、「ゴーゴー」「グオオオ」とスゴイことになっていました。その大変ないびきの中、だれかがユウキの名を呼んで肩をゆさぶっています。

「メルカトル？」

自分の名を呼ぶのがメルカトルならどんなにうれしいだろう。そう思って目を覚ましたユウキを見下ろしていたのは、囚人仲間のリュウでした。がっかりしたと同時に、ちょっと得意な気持ちにもなりました。というのは、リュウという人はけっこう恰好良くてヒーローっぽい感じがするし、そんな人に親しくしてもらうのは悪い気がしなかったからです。

実際、この牢獄に入れられてから、ユウキは《特別な人物》としてあつかわれています。

王さまにだって特別あつかいされているし――実際には特別にひどいあつかいを受けているってわけなんですけど。

「どうしたの？　リュウさん」

寝ぼけまなこをこすって答えたところ、リュウは胆《きも》のすわったヤツだとほめてくれました。

「朝になれば、開国以来最悪の方法で処刑されるというのに」

「あの、ええと」

ユウキは、情けなく肩を落とします。

「それ、思い出したくなかったのに」

「おまえ、つくづく胆のすわったヤツだな」

リュウはニヤリと笑ってから、顔つきを厳しくします。

「そんなことより――。にげるんだ。おれは、おまえを助け出すために、前もってここにつかわされていたのだ」

「ええ？」

おどろくユウキを「シッ」といってしかると、リュウは人差し指を上に向けます。つられるようにして視線を上げた先――明かり取りの窓のところに、天使が居ました。いや、天使のように可愛らしい少女が窓の外からこちらを見下ろしているのです。

「カナンちゃん……！」

それは、近所に住む幼なじみでした。でも、カナンの家はお金持ちで家柄も良く、それにカナンは都でも有名な美少女なので、ユウキなんかは声もかけられないくらいの特別な存在なのです。

そんな高嶺《たかね》の花のカナンが、自分を助けに来てくれた？　それに今、リュウがサラリといったけど――「おれは、おまえを助け出すために、前もってここにつかわされていたのだ」って、どういう意味？

❻　ショック……

いよいよ特別な存在みたいにあつかわれて、王城の地下牢から脱獄までしてしまったユウキでしたが、だれがどうあつかおうとドンくさい少年なわけで、にげるまでのスッタモンダは大変なものでした。なにしろ、小太りだから体は重たいし、体力ないし、運動神経だって良くないし――。

こっそりぬけ出すつもりが、ドッタン、バッタンと大さわぎになってしまい、いびきをかいて眠っていた囚人たちが全員、目を覚ましてしまいました。みんな良い人だったからかえって手伝ってもらったけど、リュウには本当に呆れられました。

「おまえ、救世主ではなかったのか？」

暗い石畳の道。深い霧の中に、リュウのボヤキが吸い込まれてゆきます。その後ろをユウキはゼエゼエと息を切らしながら続き、カナンがユウキの丸っこい背中を押して「早く」とか「急いで」と急《せ》かしました。

「囚人の中には、ユウキを見張るスパイがまぎれこんでいたハズよ。すぐに追っ手が来るわ」

可愛い顔で、カナンは怖いことをいいます。そういえば、リュウはユウキを脱走させるためにわざわざ投獄されていたらしいし……。自分を中心に、いろんな人が面倒くさい工作を張り巡らせているという事実に、もうただただ圧倒されるばかりのユウキなのでした。

そんなふうにドタバタと向かった先は、ユウキの自宅でした。でも、最恐の反逆者なんていわれているわけですから、家は無事なのでしょうか？　本来なら、脱獄して自分の家に帰るなんて、気楽すぎますけど。

「《扉》は、ユウキの家にあるわ」

カナンが、深刻な顔でいいました。

そりゃ、扉やドアくらいあるけどさ、とユウキは思います。

それにしても、こんな時間に帰ったら、じいちゃんはきっとびっくりしてしまう。いや、孫が地下牢に閉じ込められていたのを、じいちゃんは知っているんだろうか？知らされていたとしても大変だけど、何も知らなかったらすごく心配しているはずだ。何があったのか、じいちゃんに説明するのは、すごく骨が折れそうだなあ。だって、じいちゃんの理解力ときたら、小さじ十分の一くらいなんだから……。

などと心配していたのだけど、おじいさんは家には居ませんでした。

「安全なところにかくまってるわ」

「安全なところ……」

安楽椅子に座って窓辺のラジオメーターが回るのを日がな眺めているおじいさんが、家に居ない……。安全なところにかくまわれている……。それって、やはりただならない感じがします。

「あの――。ぼくの、仲間たちは？」

ようやく身に迫る危機を自覚したユウキは、慌てて周囲を見渡しました。ユウキの行動に目を光らせていたリュウが止めるヒマもなく、戸棚とか寝台とか引き出しとか長イスの横の物入れとか、すごい勢いで探し始めます。そして、絶望的な声でつぶやきました。

「居ない」

ユウキのいう《仲間》とは、自分で作ったぬいぐるみたちのことでした。メルカトルは特別に利口ですが、ワニのパンもニワトリのローリィもオオカミのホルンも人魚のミンミンもクワガタのザックも――みんなそれぞれの魂を持った大切な友だちなのです。そのみんなが、ひとり残らず消えているではありませんか。

ヤバイ……ほんとうに、ヤバイことになってるんだ。

ユウキはそう思いました。

みんなを助けなくちゃ。

そう決心するのですが、そもそもどうしてこんなことになっちゃったのかと頭をかかえます。

「王さまは、ぼくが神さまのフリをして国を乗っ取ろうとしているって怒ってた」

「あなたって、ぬいぐるみに魂を吹き込む変な力があるでしょ。それって、神さまにしかできないタイプの力だと思うのよね。それで、王さまはすごく心配しているのよ」

「なんで？」

「あなたが自分の地位をおびやかすんじゃないかって」

「そんなわけないでしょ！」

ユウキはこのときになってようやく、腹が立ってきました。救世主だの国を乗っ取るだの、そんなめんどくさいことといってほしくありません！　ユウキは小太りでドンくさくて、ぬいぐるみだけが友だちの、おとなしい少年なのです！

「メルカトルを返してよ――パンを返して。ホルンたちを返してよぉ」

そう叫んで、ユウキはおいおい泣き出しました。

頭の上で、カナンとリュウが「やれやれ」といった風に視線を交わしたのがわかりました。

「ともかく、この先のことを決めるのは、バランスの賢者に会ってからよ」

そういって、カナンは観音開きになってる棚の扉を開けました。

中には小麦粉とか干し野菜とか油の入ったツボなんかが収められている――はずなのですが――。いいえ、戸棚の中には光がありました。

「え――なんで？」

首をかしげる間もあらばこそ。ユウキもカナンもリュウも、そのひかりに全身をつかまれ、すごい勢いで戸棚の中に引きずり込まれたのでした。


（つづく）

＊＊＊

「おまえさんが、こいつを書いたのかい」

殿が感心したように訊くので、カナンは得意げにツンと鼻を上向けた。

「そうよ」

「で、これでおしまいなのかい？」

「面白いでしょ？　続きが読みたいんじゃない？」

「出来栄えはともかく——」

殿は胸を張って咳払《せきばら》いなどした。

「ともかく、こんな尻切れのままじゃ先が気になるだろう。メルカトルやらのぬいぐるみたちは、この先も登場するんだろうね」

「もちろんよ。そのために、わざわざ最初から出したんだもん」

「最初というなら、冒頭の舞台はユウキの家にするべきだったよ。そしたら、イザというときにじいさまの話になっても唐突な感じがしないし。第一、のっけから登場していたら、読み手は次の登場まで親近感を持っているじゃないか。それに、最初に見た平凡な家に実は異次元トンネルがあった……となれば、無理な展開にも少しは説得力が出るやね」

「無理な展開って何よ。ファンタジーだもん、これくらい普通でしょ」

殿は顔のわきで手を振り、「ファンタジーたぁ、便利なもんでげすね」と皮肉をいった。

「ここに出てくるカナンって女童は、おまえさんなんだろ？　で、ユウキって丸ぽちゃが、あの裁縫好きのユウキなんだろう。だとしたら、おまえさん、丸ぽちゃに対して厳しすぎるぜ。それに、自分のことを美少女だなんて、よくも書けるねぇ――」

殿の批判を遮って、登天さんがぐいっと身を乗り出した。

「やっぱりあなたは、ユウキくんのことが、とっても好きなのですね？」

小さな顔をにこにこさせ、自分と同じ背丈の少女を真っすぐに見ている。

「わたしたちを信頼して大事な作品を最初に読ませてくれて、どうもありがとう」

「いや――べつに――その」

「お返しに、率直なアドバイスをするのです」

登天さんは、勿体《もったい》ぶって咳払いなどした。

「これはあなたからユウキくんに宛てた恋文なのでしょう。この続きは、二人で知恵をしぼって書き進めるのも、連句のようで実に優雅です。いにしえの恋路で最も大切だった、典雅な遊びがそこにはあります」

「でも、そのためには、まずユウキくんにこのノートを渡して読んでもらわねばなりません」

「はあ。どうも――」

「………………」

口を一文字に引き結んで難しい顔をするカナンを、殿はからかうように、登天さんは励ますように見た。

「あなたが望むんでしたら、この恋文をユウキくんに配達して差し上げましょう。でもね、カナンさん、恋愛成就を確かなものにしたいなら、ご自分でお渡しなさい」

「ご――ご自分でって――あたしが、あの変人の丸ぽちゃに――」

カナンが顔を赤くして抗議するのをよそに、殿が明後日の方角を向いて大きく手を振り始めた。狩衣の袖が風にあおられ、旗のようにバサバサとはためく。それが顔の真正面から当たり、カナンは「うわ」とか「ぎゃ」とかいった。

「あ、どうも」

狩衣の袖を振り払って顔を上げたカナンの前に、丸ぽちゃのユウキが立っていた。まるで瞬間移動したみたいな出現ぶりに、自称美少女は「うわ」とか「ぎゃ」とか、悲鳴を繰り返した。

「おう、丸ぽちゃ。こやつが、おまえに読んでほしいそうだぜ」

そういって、カナンのノートをユウキに手渡してしまう。デリカシーだとか効果的だとかをまるで無視したやりように、カナンも登天さんも唖然とした。

「梅は咲いたか、桜はまだかいな」

江戸時代の端唄《はうた》を歌いながら遠ざかる殿の背中を、カナンたちは非難する余裕もなくただ見つめるよりない。

「へえ。菱田さん、小説なんて書いてるの？」

恋文と同じ意味の物語を手渡されたユウキだけが、嬉しそうにノートを開き、それから書き手の少女に笑顔を向けた。

第四話　ニュートラル

――掬《むす》ぶ手の滴《しずく》に濁る山の井のあかでも人に別れぬるかな　紀貫之

「むす――むす？　これってむすぶって読むわけ？　てか、全然意味わかんない。そもそも、このキカンノって人の名前ですか？　昔の人の名前ってさ、キラキラネーム以前の問題だよね」

「キカンノじゃなくて、キノツラユキ。『土佐日記』の作者」

「土佐って、土佐県のこと？」

「それ、土佐犬とまちがってない？　土佐ってのは高知県のことだよ」

「おい。バカにしたな」

絵真《えま》は美人ロボットみたいに完璧なメイクを施した目で大地《だいち》を見上げ、それから微笑した。

「ま、いいけど。あたしがダイちゃんみたいに秀才だったら、キャラかぶって面白くないもん。似たもの夫婦って、なんかイヤじゃん。将来、そうならないようにしようね」

完全無欠な目の端に険が生じる。頷く大地も、表情が硬くなった。

二人はコンビニエンスストアの書籍コーナーで、占い雑誌を立ち読みしていた。開いたページの見出しには、インパクトのある字体で『確実に別れられる！　縁切りの呪《まじな》い、決定版！』と書かれている。

掬ぶ手の滴に濁る山の井のあかでも人に別れぬるかな――。

日付が変わる時刻、別れたい相手の住まいを囲む東西南北の辻《つじ》にロウソクを立て、この歌を唱える。それを九日間繰り返すと、アナタの窓に小さな羽虫がくっ付くから、とらえて土にうずめる。まちがわずにできたら、やっかいな恋愛はかんぺきに解消されるでしょう。

「――悪いこと云わねぇ、おまえさんら、そんなことはよしな」

背後から、ヌッと暑苦しい気配が迫ったかと思うと、不意に大音声《だいおんじょう》が降ってきた。

絵真と大地は同時に悲鳴をあげ、顔を引きつらせて振り返る。

背後――すごく近い距離に、光源氏のような扮装をした大柄な中年男と、明治時代の役人っぽい扮装をした小柄な老人が居た。二人とも、なぜかすごくご機嫌な様子である。とくに老人の方が、お猿のような小さな顔に、満面の笑みをたたえている。あまりに嬉しそうなので二人が問うような視線を投げると、老人は「いいえ、別に」と云って改めてニコニコした。

そして、光源氏風のおじさんが口を開く。

「おまえさん方は恋人同士と見たが、なぜ縁切りのことなど調べているんだい？　でも、まあ、調べものをするなら図書館にでも行くのが常套《じょうとう》だ。こんな店で雑誌を立ち読みするなんざ、あまり真剣でもなさそうだが」

そんなことを云われたから、絵真は憤然と反発した。

「はあ？　うちら、マジ真剣だし！」

「ならば、なおさら呪いなんかにゃ手を出すんじゃないよ。おまえさんたちが今読んでいるのは、なかなか危険な呪術だぜ？」

光源氏中年は、人差し指を顔の横に持ち上げ、癪《しゃく》に障るリズムで左右に振った。それが本当にカチンときたので、絵真は「はあ？」と云って顔を曲げている。大地も「よけいなお世話だ」とか「すっこんでろ」なんて云いそうになり、しかし慌ててそんな態度を押し殺した。

絵真はともかく、大地は悪い言葉を発するには品行方正過ぎるし、争いごとは好まない。だから、問題が発生したら穏便に解決したいのだ。それが無理なら、裏から手を回すとか、闇から闇に葬るとか、ともかく表面上だけでも穏やかに済ませたいタイプである。——だからこそ、絵真の提案するお呪いのことだって物は試しだと思ったのだ。

「ですよね、すみません。じゃ、ぼくら帰るんで——」

「ちょっとダイちゃん。買うんでしょ、これ。なに、ちょっと——」

ぐねぐねと猫みたいに抵抗する絵真を引っ張って、大地はコンビニエンスストアを後にした。

＊

呪《まじな》いや呪《のろ》いを現実的でないと一笑に付すより、自分たちに降りかかった現実こそが笑いごとだった——いや、笑うどころではないのだが。

光源氏みたいな装束の中年に云われたとおり、大地と絵真は恋人同士である。

そして、二人には共通点がない。

大地は秀才風だし、絵真はおバカな娘を演じるのが好きだ。しかしその実態は——

外見通りとは限らない。大地は評判よりはザックバランな質《たち》だし、絵真は自分の好みのキャラクターを演じているに過ぎない。実のところ、二人は知的レベルも、良識もよく似ているのだ。

そのことを互いに知っているけど、あくまで自分らしく居たいと思っている。同じような顔つきで、同じようなことを話し、自分を押し殺してまで互いに肯定し合うような——群体みたいな関係ではいたくない。

そんな二人を育てたのは、同様の価値観を持った親たちだった。

そもそも、親や身近な大人を反面教師にせざるを得ないのは、不幸なことだ。子どもにとって、身近な大人がうんざりするようなタイプだったら、毎日が地獄である。

その点では大地も絵真も幸運だった。

しかし、幸運が一転して不運に変わる日が来ようとは——しかも、彼らの人生を悪趣味な喜劇に変える日が来ようとは——。絵真が可愛い顔を思い切り歪《ゆが》めて毒づくように——マジでありえない——と、大地だって思う。

父子家庭の大地の父と、母子家庭の絵真の母が、結婚すると云い出したのだ。

「マジでありえない」

親子であれ恋人同士であれ夫婦であれ、ベッタリベタベタするのは大地も絵真も嫌いだ。

だから、それぞれの親には、恋愛も再婚も好きなようにしてくれと云ってきた。しかし、だからと云って、どうして二人の父と母が夫婦にならなければいけないのか。それこそが、大地と絵真にとって笑いごとでは済まされない危機なのである。

親同士が夫婦になったら、彼らだって兄妹《きょうだい》になってしまうではないか。自分たちが結婚したわけでもないのに、同じ家庭で暮らし、同じ食卓を囲み、同じ玄関から外に出る。同じ食器棚に茶碗《ちゃわん》を並べる。

絵真が可愛い顔を思い切り歪めて毒づくように――キモい――と、大地も思う。キャラクターのちがう二人は、実はこの世で一番気の合う二人であり、互いの関係を構築するために理想的な環境と理想的な距離感を保ってきた。

結婚したのなら、夫婦として同居する。

同棲《どうせい》するのなら、恋人として同居する。

それなら、問題はない。

でも、近い未来として二人に迫りつつあるのは、兄妹としての同居だ。

(同居よりも何よりも、恋人なのに兄妹って何？ マジキモい。近親相姦《そうかん》じゃん)

考えるほどに、頭皮がチリチリと熱くなってゆく。あいつらは（とうとう、大地は心の中で親たちを「あいつら」呼ばわりし出しているわけだが）自分たちの望みがかなうなら、わが子がキモい状況に陥ろうと一顧だにしないんだ。そもそも、あいつらは、大地と絵真が付き合っているのを知っているのに。

（つーか）

そもそも、あいつらは彼氏と彼女の《親同士》として出会ったのだ。いってみれば、あいつらは彼氏と彼女のオプションみたいな存在である。なのに、自分たちの気持ちだけを尊重して結婚とは！

（暴挙でしょ、それ）

婚姻は、両性の合意のみに基《もと》づいて成立し——だと？　うるせー、である。

「ねえ、ダイちゃん。やっぱ、あのお呪い、やってみようよ」

自分のつま先だけを見て歩いていた絵真が、目だけでこちらを見上げた。この子は、宇宙で一番可愛いのではないだろうか。そう思ったら、そら恐ろしい心地がした。絵真と歩む輝かしい人生が、親たちに邪魔されようとしているなんて……！

「だね」

迫りくる危機のせいで、これほど可愛い彼女と居るのに、しかめっツラをしなければならないとは、まったく頭にくる。

「でも、さっきの店に戻ったら、またあの変な人たちが居るかもよ」

「ダイちゃんってさ、ときどきオロカだよね」

「愚か？　どこが？」

抗議を込めて睨みつつ、こんなじゃれ合うような会話が出来る幸せをしみじみと思った。

「コンビニはあそこだけじゃないし。あの雑誌はコンビニだけで売ってるわけじゃないし」

「あ。なるほど」

おのれの迂闊《うかつ》さに恥じ入るより、新しい展望を喜んだ。振り出しに戻っただけなのだが。

「でも、わざわざ買わなくても、だいたいの方法は覚えちゃったけどね。午前零時に、ターゲットの家の東西南北にロウソクを立てて、なんちゃらの歌を唱えるんだよね。それを九日間繰り返すと、窓に虫が飛んでくるから、そいつを捕まえて殺す――ちょっと、グロテスクだけど」

「でも、やっぱ雑誌買おうよ。こういうのってさ、お菓子作りみたいなものだと思うし」

「そのココロは？」

「正確にしなくちゃ」

絵真は、大雑把な分量と方法でシュークリームを作って大失敗した経験談を披露した。確かに、お菓子作りは正確さが肝心らしい。なにしろ、膨らまないで油っぽくなったシュークリームの残骸は全部、大地が平らげたのだから。

「それに、いくらダイちゃんでも、肝心の呪文までは覚えてないでしょ」

「紀貫之の歌だから、調べればわかるよ」

検索しようとスマートフォンを取り出したけど、書店が目に入ったので思い直した。確かに、油でベトベトのシュークリームを大量に食べた経験からしても、同じ轍《てつ》は踏みたくないと思う。いや、同じで済むならまだしも。お呪《まじな》いとは、書いて字のごとく「呪《のろ》い」と同じものなのだろうし、小手先で出来ることではあるまい。

「あの平安おじさんは、やめとけって云ってたけど――」

絵真はまた自分のつま先に視線を落として、ぼそぼそと呟く。

「ダイちゃんのオヤジさんと、うちのママが悪いんだから」

その瞬間、並んで歩く絵真の全身から、青白い煙のようなものが立ち上るのを見た――気がした。驚いて見直すと、そんな大地の唐突な態度に驚いたのだろう。絵真が目をぱちくりさせている。青白い煙など、当然ながら一筋も見えなかった。

＊

紀貫之の呪いの歌は、完璧に覚えた。その上で、絵真には覚えなくていいと告げると、ふくれっツラをされた。

「オンナ子ども扱いしないでよ。死なばもろとも、、、もとじゃん」

「死ぬだなんて、縁起でもない」

笑ってつぶやいたのに、頭の中に《死》のイメージが広がった。大地が持つ最初の記憶は、母親の死だった。病死だったが、母は幼い大地の前では気丈に振る舞っていたのだろう。病院に居て病衣を着た母親が深刻な状況にあると感じたことはなかった。いよいよいけないと連絡が来て、大地は父に抱えられるようにして駆け付けた。

そのとき、母は眠っていて、そのまま目が覚めなかった。絵本の読み聞かせやテレビの子ども番組のおかげで、《死》とは何なのかは知っていたハズだった。でも、いざとなると、まったく理解も実感も出来なかった。どうしてママは目を覚まさないのか。

出棺までに、数日あった。父は大地に隠れるようにして泣いてばかりいたが、大地は母が目を覚ますのを待っていた。安置された遺体の横で、ただただ待つうちに、イヤなことに気付く。母の顔が変わっている。目が吊り上がって、口角がぐにゃりと下がっている。

これ、もうママじゃない。

だったら、ママはどこに行ったの？

そう父に訊いたら、もういけない。父は「わあわあ」と声を上げて泣き出した。そのとき、空気が「カツン」と鳴った。母が答えたのだと思った。少し前に保育園で先生が見せてくれた紙芝居のことを思い出した。

──体は洋服みたいなもの。死ぬというのは、洋服を脱ぐのと同じようなものなんですよ。洋服を脱いでしまっても魂は残ります。

──死んだ人は、裸ってこと？

ここで、幼い同輩たちが「わっ」と笑った。

──好きな服が着られるから、心配しなくてもいいの。

──コスプレもできるの？

また、みんなが「わっ」と笑う。

母が「カツン」と空気を鳴らしたことも含めて、大地は父に諸々《もろもろ》の説明をしてやった。なのに号泣はやまず、大地も葬儀屋の人たちも大いにオロオロした。父はさらに場所柄もわきまえず、「ぼくはもう死ぬまで結婚しません！　絶対に再婚なんかしません！」と、酔っ払いみたいな大声で天に――母に――大地に誓っていた。

（それなのに）

大地はポケットに入れたロウソクを、指でもてあそぶ。絵真が買ってきたアルミキャップ入りのキャンドルで「安定が良いからイザというときも大丈夫」とのことである。イザというのは、どんなときなのか、想像しようとしたがイメージがわかない。でも、漠然とした恐ろしさに襲われて、慌てて考えるのをやめた。

真夜中の住宅地は、異様に静かだった。この辺りはお酒が飲めるような店もないし、コンビニエンスストアすらない。明かりの点《とも》った窓もちらほらあるけど、常夜灯だろう。あそこの家の人も、あっちの家も、あまり夜更かしするような感じではないから。

暗い空で風が鳴った。ちぎれた雲が流れて、月光を不規則なリズムで遮る。夏なのに、うなじに当たる風が冷たかった。

「なんか、ちょっと怖いね」

「だね」

呪《のろ》いの——呪《まじな》いの相手は、大地の父親にすると決めていた。絵真の母が独身なのは、離婚したからだ。一方、大地の父は母と死別した。死が二人を分かったけど、お互いに積極的に別れたわけでないし、なにしろ父は再婚しないと誓いを立てたのである。

そうした境遇の人の再婚を責めるのも、あんまりだとは頭では理解している。でも父は霊前に誓ったのだ。それに、互いの再婚話を切り出したのは、絵真の母ではなく大地の父だという。その分、罪が重いではないか。別に法律には違反していないけど。

「お呪いが効いたら、どうなるのかな」

「うーん。わかんないけど、二人は別れる……ってことになるんじゃないの？」

「おじさんが死んじゃうとか……ってことはないよね」

「あはは。まさか」

大地は笑ったけど、実は暗がりの中で顔が引きつっていた。確かに、死んだら結婚は出来ない。それこそ、死が二人を分かってしまうから。もしもそうなったとして、大地たちは今後も付き合っていけるだろうか？　父親を死に陥れたのが、自分だと知っていても——？

「死なないまでもさ、おじさんが急にギャンブルに凝って多額の借金して、うちのママに嫌われるとか？　すごい美魔女にたぶらかされて、財産を貢ぎまくって、うちのママに愛想を尽かされるとか？　それとも――」

「いやいやいや、なにもそんな――」

あらかじめインターネット上の地図を印刷して、大地の家から見てほぼ正確な東西南北のポイントを特定していた。そのひとつ、荒物屋の店の前に着く。荒物屋は小柄な老婆が経営している店で、当然のこと、こんな時間に起きている心配はない。

――悪いこと云わねぇ、おまえさんら、そんなことはよしな。

平安中年の忠告が耳の奥によみがえる。絵真の云った不吉なイメージが、追い打ちをかけるように重なった。ちらりと絵真の方を見た。暗がりの中で、絵真は大まじめな顔をしている。

（ぼくは、親父とちがうから）

土壇場で「やっぱやめた」などと、云えるものではない。父みたいな、その場限りの感情で、大事な約束をしてしまったりそれを簡単に反故《ほご》にしたり、そんなことはしないのだ。

「よし！」

気合を入れて、大地はポケットから使い捨てライターと、アルミキャップ入りのキャンドルを取り出した。風が強かったけど、火をともすのに苦労はしなかった。

「掬ぶ手のぉ、滴に濁るぅ、山の井のぉ、あかでも人にぃ、別れぬるかなぁ」

無意識にも、みやびな節回しで呪文の歌を唱えた。われながら、うっとりする響きである。歌の内容は、わかるようでわからない。古文の成績は悪くないが、それは努力のたまもので、本当は古語なんか見ても聞いても脳が拒否反応を起こすのだ。しかし、意味をわかろうとしなければ、音楽的な美しさが心に染み入るのも本当のことだ。

（こういう歌を詠む人って、どんな人間だったのかなあ）

授業で習った紀貫之のことを思った。貫之が書いた『土佐日記』では、子どもたちまで酒盛りをして酔っ払ってしまった――というくだりを目にして、飲酒に年齢制限がなかったことに呆れた。憲法も条例もなかった大昔――律令《りつりょう》なんてのはあったらしいけど――それでも、やっぱり音楽的な和歌をこしらえる人が居たという事実に、涼やかな陶酔を覚える。

「じゃ、次行こ」

傍らにしゃがみこんだ絵真が、現実的な声で云ったので、大地は慌ててわれに返った。

「ほら。あと、東と南と西が残ってんだから」

「あ。そうだった」

キャンドルの火を吹き消すと、急いで立ち上がる。残りの三ヵ所の位置を頭の中で反復して、暗い交差点に目を向けたとき——。

黒いものが、列をなして辻を横切った。

(なに、あれ)

それは絡まり合った黒い毛糸のようでもあり、排水溝のくぼみにたまったヘドロのようでもあり、イカ墨のようでもあり、動物のようでもあり、人影のようでもあった。定まらない輪郭が、しかし確かに何かの形をなしながら行進している。

「ちょっと、ダイちゃん、どうした?」

絵真に背中をどやしつけられる。ほんの数メートル先にあんな変てこなものが居るのに、絵真は慌てる気配もない。

「絵真、ええと——あの——」

おそらく、絵真には見えていないのだ。つまり、この黒いモクモクたちは、超常現象と呼ばれる連中である。昔の絵巻物に描かれたような妖怪とかお化けとか百鬼夜行《ひやつきやぎよう》とか、そういったものだから、大地は今すごく大変なものを目撃しているわけだ。

（こういうの、どうしたらいいんだっけ）

少し前、テレビだったかホラー小説だったかで見た気がする。大地は懸命に記憶を絞り出した。

（そうだ、気付かないフリをすればいいんだ。見えていないフリ、存在を察知していないフリだ——。でも、あれは、妖怪じゃなくて幽霊を見たときの対処法だったような……？）

などと思う間もあらばこそ、絵真が無造作な歩調で交差点の方に向かって歩き出す。黒いモクモクたちは絵真に気付いて、立ち止まった。

絵真を追いかける大地の中に、さまざまな葛藤が去来した。

名前を呼んで呼び止めたいが、そんなことをしたら連中に絵真の名を知られてしまう。

大地に見えているものを絵真に教えたいが、そんなことをしたら連中の存在に気付いたと知られてしまう。

黒いモクモクたちは、どう見ても縁起の良い連中とは思えない。縁切りの呪《まじな》いと、何か関係があるのだろうか。こんなことがあるから、あの平安中年に止められたというわけか。

こういう現象は、あながち《非科学的》と打《う》っ棄《ちゃ》るのはまちがいだと思う。呪いをすると化け物が出るのは、ワクチンを打ったら副反応が出るのと似ていないか？　そもそも、科学が発達していない時代は、オカルトこそが科学だったわけで——。

頭の中では理屈がぐるぐる回り、そんなことなどお構いなしに、絵真は百鬼夜行の交差点に向かって速足で歩いて行く。

「待ってってば——」

追いかける大地に向かって、絵真が振り返ったとき、信号機の全てに赤いライトが点《つ》いた。青も黄色も歩行者用信号も、一斉に赤い光を発する。

しかし、それは一瞬にも満たない極めて短い間のことだった。驚いて立ちすくむ間に黒いモクモクたちは消え失せて、絵真が少し先でこちらを振り返っている。

「ねえ、今の見た？　信号、全部赤くなったよね？」

「うん。なったね」

信号の異変には気付いたわけか。百鬼夜行の方が断然怖いと思うけど、そちらに言及しないということは、やはり絵真には見えていなかったようだ。だとしたら、信号機の方は、ただの故障だったのかもしれない。

「んなわけないじゃん。青は青しか点かないし、黄色は黄色しか点かないでしょ。お呪いに誘発された怪奇現象だよ、きっと」

《誘発》などと絵真らしくない難解な熟語を使ったのに、声はいつもと変わらず無邪気だった。一連の怪奇現象を消化できずに居る大地に向かって、まるで怖くない声で一喝する。

「ほら、あと三ヵ所あるんだから、ボヤボヤしない！」

「うん、ごめん」

努めて軽く応じた。百鬼夜行を見てしまった以上、もう何でも来いという心境になってしまった。毒を食らわば皿まで、である。踏み出した以上、もはや、後戻りはできないのだ。

＊

雑誌に書かれていたとおり、真夜中のお呪いを九日間続けたけど、親たちに変化はない。

それどころか、父は昨日も絵真の母親と二人で野球観戦に行き、日焼けした顔を輝かせて帰って来た。野球観戦といっても、絵真の母の従姉《いとこ》の息子の練習試合である。

父としては、そうした家庭的なイベントに加えてもらったことは、プロ野球観戦よりも、オリンピック観戦よりももっと重大で光栄な出来事だったらしい。

帰宅してからは、試合の経過から、瞬矢《しゅんや》くん（絵真のまた従弟《いとこ》）の才能、自分の野球論が女性陣の熱い視線を集めたことなど、すごい上機嫌でしゃべりまくった。

――あーあー、そーですか。

自慢話に顔を輝かせる父親に、手放しの共感を示すなんて、思春期の息子のすることじゃないと心得る大地は、努めてうんざりした様子で返事をした。それでしょんぼりする父親を見るにつけ、自分の可愛げのなさが恨めしくもなる。

あと半日で週末も終わってしまうし、九日も続けたお呪いは徒労に過ぎなかったようだし、いつまでも電話をしているわけにはいかないし――。

――じゃあ、また明日、学校でね。

「うん、明日ね。バイ」

スマートフォンを置いたら、ついため息が出た。

話していた相手はもちろん絵真で、話の内容はもちろんお呪いのことだ。さっぱり効き目が現れないことについて、絵真はおかんむりだった。

――だったら、あの本、嘘つきってことじゃない？　せめて「これは個人の感想です」くらい書いておくのが常識じゃないの？

おそらく、野球観戦から帰った母親が、大地の父と同じほど浮かれて惚気《のろけ》ていたのだろう。

大地だって釈然としない心地でいる。

初日の最初の方角、荒物屋の前で百鬼夜行に遭遇してしまったが、怪奇現象に遭ったのはそれだけである。その後、東、南、西で同じことを繰り返したけど、あっけらかんと終わってしまった。翌日からは、荒物屋の前でも何も起こらなかった。

確かに、怪異はちょっぴり起きたのだ。

でも、それでおしまい。

あの黒いモクモクたちの行進については、絵真には話していない。怖がらせるのは気の毒だと思うのと、怖がりと思われるのが癪だというのがその理由である。

――あのとき、忘れたこととか、なかったっけ？

絵真の不満そうな声を思い出し、大地は不意にハッとした。

「ええと――確か――」

呪い雑誌を、改めて開いてみる。

忘れ物があったのだ。真夜中に決まった方角に火を灯《とも》すなどという仰々しいことに気を取られ、すっかり忘れていた。

窓に羽虫がくっ付くから、それを捕まえて葬る。

「でも、それってなんで？」

いかにも付け足したような感じがするし、生き物の命を奪わねばならないなんて、残酷だし凶悪だと思う。この付け足しのせいで、感じの悪さがグンと増している気がする。つまり、超常の——常ならぬ願いを実現させるためには、《生贄《いけにえ》》が必要だということなのか？

だとしたら、ますますイヤな感じだ。

そう思ったとき、耳の脇で「ぶうん」と唸るものがあった。蚊だ。昨夜、左ひじに吸い痕を残したのは、こいつか。

（めちゃくちゃかゆいじゃんかよ、ちきしょー）

カッとして、右手を振り回した。しかし、蚊はこともなく飛び去り、大地はおのれの首筋をたたいたのみである。

（許さん！）

ギラリと頭を巡らすと、敵は余裕綽々《よゆうしゃくしゃく》の態（大地には、そう見えた）で、窓に止まっている。獅子《しし》は兎《うさぎ》を仕留めるのにも全力を尽くすそうだが、大地だって負けてはいない。怒り、怨念、被害者意識、その他もろもろの八つ当たり、いろんなマイナス感情を込めて窓をぶったたいた。

窓が割れたらどうする――という後悔の後、ガラスには大地の手の痕と、その真ん中あたりに潰れた蚊の死骸がへばりついていた。

「ふん」

残酷な喜びを口の端に浮かべると、のされた蚊は綿ボコリのごとく落下して窓辺に置いたサボテンの鉢の上に落ちる。

「あ……ああ……」

思わず、乙女のような仕草で口を覆った。

――アナタの窓に小さな羽虫がくっ付くから、とらえて土にうずめる。まちがわずにできたら、やっかいな恋愛はかんぺきに解消されるでしょう。

期せずして、大地はお呪いの仕上げをしてしまったみたいだ……。そして、しめくくりのフレーズが脳内でリフレインした。

――まちがわずにできたら、やっかいな恋愛はかんぺきに解消されるでしょう。

大地は、大変なことに気付いて、思わず立ち上がる。キャスター付きの椅子が、勢いで後方に走り、テレビ台に当たって大きな音を立てた。

(え――。いやだ、どうしよう)

あのお呪いは、恋の縁を切るための呪術であった。

東西南北を正確に決めたのは、ターゲットを確定するため。

しかし、その場所には父だけではなく大地も住んでいるではないか！

その効き目は、父ではなく大地の方に現れるかもしれない！

どうして、そのことに気付かなかったのか。

叫び出しそうになるのをこらえて顔を覆った瞬間である。

玄関のドアホンが鳴った。

勉強部屋に置きっ放しにしている子機から、「ピンポーン」ととぼけた音が鳴り渡る。これが鳴って、訪問者が飛び込み営業じゃなかったことはないのだけど――。

(でも、今日は――)

荒物屋の前で見た黒いモヤモヤした魔物の行列が玄関前まで来ている。そんなことを想像したら、胸の中がドカドカと鳴り出した。

(なんとかしなきゃ)

子機を取り上げ《通話》ボタンを押そうとしたとき、階下から足音が聞こえる。

「はいはーい」

父がモニターを確認しないでドアを開けてしまうのは、常のことだ。普段なら気にもとめない大地だが、今日はナマハゲの訪問を受けた東北の幼子のように慄然とした。

ドアの外に居るのは、あの世からの使い（とか、そのようなもの）だ。

脱兎《だつと》のごとく部屋を飛び出し、階段を駆け下りた。

「親父、待って――」

そう口走ったとき、父はドアを開けてしまった。

「登天郵便局なのです」

細くて小さな声が聞こえた。

残りの段を駆け下りた先、玄関ドアの外に居たのは平安貴族の装束を着た大柄な中年男と、明治時代の公務員みたいな扮装の老人だった。コンビニで大地たちの企てに茶々を入れてきた、あの二人である。

今にして思えば、彼らの忠告を聞くべきだったのだ。平和な現実を超えてはならないという分別を、きちんと持つべきだった。それなのに、大地は父と自分が同じ座標に暮らしていることすら失念していた。

などという大地の後悔をよそに、平安中年はこちらを見て気さくに片手を上げる。

「よぉ」

　まるで旧友に出会ったおっさんみたいな態度だ。息子の知己ならばといよいよ気を許したのだろうか、父もまた二人に愛想の良い笑顔を向けている。

「大園隆《おおぞのたかし》さんに郵便なのです」

　老人は、父に向けて葉書を差し出した。

（え？　なんで？）

　この凸凹中高年は、本当の郵便配達員なのか？

　彼らの扮装は、新しいサービスか何かか？

　それより、父宛ての郵便とやらは、まっとうなものなのだろうか。つまり、日本郵便の発行する切手が貼られた、普通の郵便なのだろうか。

　確か、普通郵便は週末には配達されないはず……。

　つまり、普通ではない郵便ということなのか？

　この二人は呪いをとめようと忠告してくれた相手だが、今の大地には何もわかるものがなく、危険と安全、常識と非常識の区別が出来なくなっていた。非常識という点では、二人の姿はこの上もなく非常識だし——。

　でも、葉書に目を落とした父は「え？」と云って、それを裏返した。

　大地も、父が持つ表の面をちらりと見ることが出来た。そこには、何か懐かしい感じのする筆跡で、母の名前が記されている。差出人の欄に、母の名前が書いてあるのだ。

『お久しぶりです。このたびは再婚するそうで、おめでとうございます。この葉書はイヤミなんかじゃないから、しっかり読んでね。パパはあのとき《再婚しない》なんて誓うもんだから、わたしは心配していたんです。だって、この先も続くパパの人生が、わたしのせいでひん曲がったりしたら困りますからね。でも、パパは案外とチャランポランだし意志も弱い方だし、大丈夫だろうと思ってましたよ。ただし、大地には迷惑かけないでね↑これ、大事！　ママより』

　父は、茫然とした面持ちで葉書を読み、表に返して差出人の名前を指で撫で、裏に戻って目玉が溶けだすのではないかと思うほど熟読した。

「では、わたしたちはこれで」

　平安中年と配達員の老人は、あっさりと帰って行った。

　うろたえる大地は、慌てて玄関から飛び出したものの、既に二人の姿はどこにもない。そのことを残念に思ったものの、不思議だとは感じなかった。

（だって、死んだママの郵便を配達に来たくらいだし――）

普通に考えたらタチの悪いイタズラだと判断すべきところだが、大地は目の前で起きたことを信じるのに抵抗を感じなかった。それこそが呪《まじな》いの呪《のろ》いだと云われても、それを含めて受け入れる気分になっていた。

「ママ——ごめん。あのときのこと、すっかり忘れてたよ」

父は葉書に向かって詫《わ》びている。大地はそっとその場を離れながら、呪いが成功したのだなあと思った。

第五話　ボコボコの彼

「むすぅぶ手の、しずくーに濁ぉーる、山の井のー、あーかでも人にー、別れーぬーるかなー」

かつて紀貫之と呼ばれていた老人——登天さんは、今もやはり歌の名人である。千年生きて、常に歌は登天さんとともにあった。時代がうつろい、歌詠みの形はカラオケに変わっても、名手ぶりは変わらない。

当然のこと、登天さんは無類のカラオケ好きだ。そのため、全国津々浦々のスナックの関係者で、登天さんの名を知らぬ者はない。

いくら好きでも、日本中のスナックを歌い歩いて常連になるなど、普通に考えたら不可能だろう。しかし、なぜか、登天さんは北海道から沖縄まで、ありとあらゆるスナックに行きつけていて、常連客やママやホステスたちと仲良しなのだ。これもまた、登天郵便局をめぐる謎の一つに数えられるのかもしれない。

昔から都会の路地裏に軒を並べる飲み屋街の一軒、スナック《さなぎ》は登天さんがことに足しげく通う店だ。

屋号の《さなぎ》は、本来は《なぎさ》だった。看板屋のまちがいで電飾スタンドが《さなぎ》になってしまい、先代ママが「しょうがないわね」とふくれっツラをしてから三十余年、同業者の多いこの界隈《かいわい》でしぶとく頑張り続け、《さなぎ》はお客たちにとってスナックの代名詞とまでなっている。さりとて、何の変哲もない古くさいだけの店ではある。

「むすぅぶ手の、しずくーに濁ぉーる、山の井のー」

登天さんには、古い和歌を昭和の歌謡曲の旋律で歌うという独特のスタイルがあった。いってみれば風雅な替え歌で、モニターに表示される歌詞は無視されるものの、皆は決まって「やんや」の喝采をくれる。何を歌っているんだか意味がわからないけれど、客も店の人間も、登天さんの歌を聴くとむしょうに芸術心を喚起されるようだ。

どういう理由で芸術家みたいな気分になるのかはわからないまでも、登天さんがマイクを持つと、店に居る者たちは一様に話をやめ酒に手を伸ばすことすら後回しにして、老人らしく細くてちょっと調子っぱずれな歌に耳を傾けるのである――が……。

「わわわ、すみません。あ、課長、こちらの、おしぼりをお使いください。すみません、お冷《ひや》お代わりいただけますか？　それにしても、タバタさん、先だってのプレゼンは革新的にすばらしかったですね。ぼく、サラリーマン人生で一番感動しました。ほんとです。いや、ぼくのサラリーマン人生なんて、たかだか数年なんですけど。あ、課長、おしぼりはこれを——」

奥まったテーブルにおさまった数人の中で、若い男がひとり、甲斐甲斐《かいがい》しく周囲の世話を焼いていた。ずば抜けて容姿端麗な若者だが、美しさよりも極端な謙虚さと気遣いの様子が彼を印象付けていた。

「課長、お飲み物が減っているようですが、メニューがご入り用でしょうか。それとも——」

彼の甲斐甲斐しいさまは、ホステスのマリちゃんなど及ぶところではない。かゆいところに手が届くというより、うるさい。美男なだけに、いよいようるさい。それで、周囲からは白い目を向けられていた。

「布施《ふせ》くん。少し静かにして、歌を聴きなさい」

課長と呼ばれた年配の男が云うと、当の美男——布施くんは雷に打たれたように愕《がく》然《ぜん》とした。

「すみ——すみ——すみ——すみません！」

立ち上がってぺこぺこと謝り、座り直して歌う老人に顔を向ける。

しかし、いにしえの情感もたえなる余韻も、気遣いと気配りで飽和した布施くんの胸には染み入る余地がなかった。周囲の顔色をうかがい、手拍子など始めてまたもや「うるさい」と上司に叱られている。

歌い終えた登天さんを、殿がカウンターに居て笑顔で迎えた。

「いつもながら、みごとな歌いっぷりだ。おまえさんと二人、牛車《ぎっしゃ》で朱雀大路《すざくおおじ》のド真ん中を乗り回したときのことを思い出したよ。右大臣の車を蹴散らしたっけなぁ。あのときの右大臣って、誰だったたっけ」

「あれは、藤原忠平《ふじわらのただひら》さままでした。殿が参議に就任される前の年のことなのです。わたしは、素行と出世は関係ないのだなと、しみじみと世を憂えたのを覚えているのです」

「ふん、なにぬかす。こちとらの人徳だよ、人徳」

ひとしきり胸を張った後、奥のテーブルで忙《せわ》しなく立ち働く若者——布施くんを見やった。

「なあ、おまえさんの《土佐日記》に、ああいった手合いのことが書いてなかったたっけ？」

「彼のような人は、いつでもどこにでも居るものです。気優しく、気の毒なタイプなのです」

登天さんは、梅サワーのお代わりを注文した。

「気を遣うほど周りに軽んじられて、それがまた人の嗜虐心《しぎゃくしん》をくすぐるのです。彼もまた、さっきからボコボコにされているのです」

登天さんの云うとおり、布施くんは周囲に尽くせば尽くすほど、鬱陶しがられ、いじり倒されていた。もはやパワハラでは――と思わせるような仕打ちを受けても、ひたすら従順に相手の機嫌を取ろうとする。

そんな彼のポケットの中で、ガラスが割れるような音がした。電話の着信音らしい。

「まことに、申し訳ないのですが、おそれながら、ちょっと席を外させていただきます。すぐに戻ってまいりますので。では、申し訳ありません――」

という挨拶を三遍繰り返し、上体を折り曲げるような恰好で布施くんは店を出た。

背高で顔も姿も美しい若者には、つくづく似つかわしくない所作である。それで、ますます鬱陶しくなる。ガラス戸に取り付けられたカウベルが、緊張感のない音を上げた。

「シロちゃんそっくりだなあ」

「それは、だれなのですか？」

「わしが今で云う室町時代に生きていたときの話と思いねぇ——」

殿は千年も生き続ける登天さんとはちがい、輪廻転生を繰り返している。

「シロちゃんってのは、わしが室町時代に居たころ、隣ン家《ち》で飼ってた犬だよ。可哀想なくらい健気《けなげ》なヤツでさ。あのとき、わしは土倉《どそう》の親方をしていた。ヤクザな商売だが、羽振りが良かったねえ。奥さんが十人も居た」

「反省なさい」

「で、シロちゃんの飼い主も土倉を営んでいてさ。奥さんが十一人も居たんだ」

「罰当《ばちあ》たりな」

「なるほど、そいつは商いに失敗して、夜逃げしちゃったんだよ。取り残されたシロちゃんは、侍たちに連れて行かれて《犬追うもの》の犠牲になった」

「え、そんな……」

登天さんは同情のあまり嘆息した。《犬追うもの》とは、犬を放って鏑矢《かぶらや》を射かけるという凶悪な弓矢鍛錬法で、鏑矢では犬は滅多に死なないものの怪我《けが》はする。痛さと怖さの記憶から、一度《犬追うもの》に駆り出された犬は怯《おび》えて二度と使い物にならず――だから、鍋の具にされてしまう。

「食べられちゃったのですか、シロちゃん」

「むごいことだ。だから、わしは侍が嫌いなのだ」

「食べられちゃったのですね、シロちゃん……」

登天さんは悲しげに繰り返すと、よろよろと外に出た。

「どうしたのだ、ツラさん？」

殿が大きな体格を縮めるようにして後を追った。登天さんは不死身とはいえ、なにせ老人なので酔っ払うとどこでも寝込んでしまう。江戸時代からこちらは治安が良かったが、最近またぞろ物騒な世の中になってきたから、追剥《おいはぎ》に襲われやしないかと案じたのだ。

「森のひーみつー、おーしえてよー、魔女っ子ルーシー」

アニメソングを歌うのはホステスのマリちゃんで、さっきまでピリピリしていた布施くんの上司が、嬉しそうにタンバリンを鳴らしていた。そんな具合に、登天さんたちの行動にだれも気付かなかったのは、ドアを通過してもカウベルが鳴らなかったためである。そもそも、扉が開いたのかどうか、登天さんや殿とて意識すらしていない。当たり前の生者のように見えて、二人には幽霊のような性質がある。

登天さんは《さなぎ》の電飾看板の横、死角になった暗がりに居て、殿に手招きしていた。傍らに寄ると、闇の中で猫のように光る眼《め》が電話中の布施くんを示す。

「――ごめん。本当に、ごめんなさい。でも、急に抜けられない接待が入って――」

電柱の陰で、布施くんがスマートフォンに向かってしきりと謝っていた。頭上には零《こぼ》れ落《お》ちそうな数の星が瞬《また》いている。光の針が、布施くんの全身に降り注ぐ。

――はあ？　それって、何？

電話の相手は若い女性らしい。その人は、布施くんの恋人らしい。彼女の名前は《サギリ》と云い、どうやら今日がサギリの誕生日だったらしい。スピーカーフォンにしているわけでもないのに、殿たちが居る場所にもサギリの声が「うわん、うわん」と聞こえてくる。大変な猛女なのだろうと、殿は思った。

――接待なんて時間外の仕事だよね？　あたしの誕生日より、時間外のタダ働きを優先するわけ？

「そんなことないよ、サギリちゃんのことが世界一大事だよ」

――嘘までいい加減なんだから。

「そんなことないよ、嘘なんか云わないってば」

——それが嘘だって云ってんの。それに何度も何度も『そんなことないよ』って、否定ばかりするんだよね？　どれだけ、こっちのことを軽く見てんの？

「そんなことないよ——あ……」

——そんなことないんだったら、今すぐここに来たら？

「無理だよ、ごめん——今は大事な接待で——」

——バカ！

「ごめんなさい——どうしよう——わかった——行くよ。これからサギリちゃんのところに行く。だから、今どこに居るか教えて」

——いやだ。教えない。本来なら、ここにあんたも居るはずなんだもん。そっちが悪いのに、どうしてわざわざあたしが道案内みたいなことまでしなくちゃなんないのよ。もう、イヤダ。あたし、自分が可哀想になってきた。

「ほんとうに、ごめん。ぼくって、最低の男だと思う。きみの気持ちを、少しもわかっていなかった。お願いだから、ぼくにチャンスをください。きみに会いたい——直接会って、お誕生日おめでとうって云いたい。プレゼントを渡したいんだ！」

——最初からそうすればよかったのよ。ほんっと、頭悪いわよね！

サギリは吐き出すように云ってから、自分が今いる場所を教えた。本町《ほんまち》二丁目の

《一角》というバー、とのこと。よくよく聞くと、友人たちに誕生会を開いてもらっているらしく、ふと布施くんのことを思い出したので電話をしてみた、とのこと。

「どうしよう――どうしよう」

電話を終えた布施くんは、彼女の元にむかうと約束したものの、接待を打《う》っ棄《ちゃ》っておけないことを思い出し、気の毒なくらい懊悩《おうのう》し出す。

「おまえさん、可怪しいとは思わねぇのかい？」

布施くんが足踏みしたり頭を抱えたりしている背後から、殿が実に唐突に声を掛けた。

「ヒイイ――あの、どちらさまでしょうか」

度肝を抜かれたときでさえ、布施くんは低姿勢だ。

「ヒイイじゃないよ。電話をよこしたお嬢さんは、ふと、おまえさんのことを思い出したから、電話をしてみたって云ってたじゃないか。おまえさんが居なくても、困ってなんかなかったんだ。それなのに、大事な接待を放り出してまで彼女のところに行くってのかい？」

「あの――でも――だけど――しかし――」

「どうしても行くと云うのなら、無理にはとめないけどさ。わしだって、こう見えても、恋の歌を人生のテーマにしていた時代もあったのだからね」

「はっ。さすがです。さぞや華やかなご経歴をお持ちで――」

布施くんが条件反射のように云ったお世辞で、殿は彼を諭すという目的を忘れてしまう。

「まあ、おまえさんも大変そうだから、上司と客には、わしから『布施くんは追剝に襲われた』とでも云っておこう」

「ほ――本当ですか？」

布施くんは、殿の提案に顔を輝かせた。『追剝に襲われた』などと報告なんかされたらもっと困るにちがいないのに、布施くんは殿の申し出に飛びついた。

「では、どうかよろしくお願いいたします。彼女はぼくには過ぎた人なんです！」

忙しなく会釈を繰り返してから、大通りの明かりに向かって脱兎のごとく駆け出した。姿が良いから、青春映画の主人公みたいに見えた。

「あ、そんな……」

犬のシロちゃんの悲運を嘆いたときと似た調子で、登天さんは同情の声をあげる。

「彼の後ろ姿が、シロちゃんに見えるのです」

「もしも、あやつがシロちゃんならば、ひとに尽くすのが本望だろうさ。しかし、真相はそうでもないのだろう？」

「ええ。そうでもないのです」

登天さんは、肩に掛けた郵便箱から封書を取り出すと、つくづくと眺めた。ビジネス封筒に弱々しい小さな文字で《布施元哉《もとや》様》と宛名が書いてある。

＊

「ときに、ツラさんよ。おまえさんは『土佐日記』を書いたとき、どうして女のフリなどしたのかね？」

唐突にそんなことを問われて、登天さんは「え？」と云って固まった。随分と驚いたようで、訊いた殿の方が面食らってしまった。さりとて、相変わらず遠慮もしない。

「おまえさんが若いころ、歌詠みの勝負を挑んできた女が居たそうじゃないか。今どきの研究者の間じゃ、そんな女は初手から居やしねぇ、おまえさんが二役を演じていたんじゃないかと云われてるそうだぜ？」

「そんな――そんなことはないのです」

登天さんは、拗《す》ねた子どものように仏頂面をした。

「ああ、そうだろう、そうだろう。歌詠み勝負の女は確かにいたのだ。そして、『土佐日記』を書いた女も確かに居た。わからねぇのは、その女はおまえさんの中の別人格なのか、それともおまえさんに憑いたエンティティなのかってことさ」

「そ――そんなことは――」

登天さんが口ごもったとき、どこか遠くから犬の遠吠えが聞こえた。

＊

サギリという女性は、意外にも親切で優しい人だった。電話から「うわん、うわん」と聞こえていた意地悪など、およそ云いそうにもない女性である。

サギリは市立図書館の司書として勤務していて、制服代わりの紺色のエプロンがよく似合っている。絶世の美女――ではない。面立ちは凡庸であるが、際立って清潔感があり、どこかひな人形に似て優しく、笑顔が可愛らしく、所作の一つ一つが丁寧で美しい。かえすがえすも、布施くんに電話で無理難題を吹っかけていた悪女と同じ人物だとは、とうてい思えない。

「でも、同じ女性なのですね」

「なのですよ、なのですよ」

殿も複雑な顔をして頷いた。

「しかも、教養がある」

かつて歌人として名を馳《は》せた殿と登天さんにとっては、書物の徒である図書館司書というサギリの生業《なりわい》もまた好ましかった。

「ちょっくら、話でもしてみるかい」

殿はたくましい上体をブルルンと震わせると、貸し出しカウンターに歩み寄った。狩衣の袖の露先が、楽しげに揺れている。

「少々よろしいかな、お嬢さん。『土佐日記』と『古今和歌集』を探しておるのですが」

「ご案内します」

サギリは楚々《そそ》と頷き、淑《しと》やかに立ち上がった。誠実であり、有能であり、粗野さなど片鱗《へんりん》もない。居住まい佇まいの上品さと優しさは、殿と登天さんに悲母観音の慈悲を連想させた。繰り返しになるが、電話で布施くんにはしたない罵倒を浴びせていた人物と、どうして同一人だと思えようか。

「お嬢さんは、歌集など読まれるのかな？」

殿が尋ねると、サギリはイヤミのない所作で頷いた。

「はい。『古今和歌集』は学生時代に出合ってから、よく読みます」

後ろからついて行く登天さんが、嬉しそうに小さな顔を輝かせている。

「仮名序の中で、紀貫之が鶯《うぐいす》や蛙《かわず》も歌を詠んでいる、と書いているところが大好きです。生きとし生けるもの、いずれか歌をよまざりける――。生き物全てが歌を詠むと思っていれば、だれもが森羅万象に礼節をもって接したりできる気がします」

「紀貫之がそれを聞いたら、さぞや喜ぶだろうね」

殿がいうと、サギリははにかんだように両手を頰に当てた。

「おや？」

左の薬指で輝いているのは、サファイヤの指輪だ。殿がそう気付いたとき、通路を通り過ぎざま、若い男がこちらに笑顔を向けた。いや、彼の笑顔の向く先は、殿でも登天さんでもなく、サギリである。

しかし、それは布施くんではなかった。

布施くんより背丈が低いけど、横幅はある。顔立ちは、その昔猪八戒《ちょはっかい》を演じたときの西田敏行《にしだとしゆき》に少し似ていた。きわめて美男である布施くんにはルックスではかなわないものの、頼もしさと逞《たく》ましさでは遥《はる》かに傑物に見える。

「日本武尊《やまとたけるのみこと》みたいな若者なのです」

登天さんが感心したようにつぶやくと、サギリは「くすくす」笑った。

「そんなに褒めたら、彼、大喜びすると思います」

「お知り合い？」

訊かれて、サギリはやはりはにかむ頰を手で覆った。青い宝石が、蛍光灯の光を受けて輝いている。

＊

それにしても、あの感じの良いサギリという女性は、電話で布施くんを罵倒していたサギリと、本当に本当に同一人物なのか。殿と登天さんは、何度も念を押し合っている。

「布施くんのスマートフォンの待ち受け画面を、こっそり覗き見しました。確かに、あの図書館司書の女性の写真だったのです」

平安時代の姫君は家の奥まったところからなかなか出て来ないので、男たちは自動的に覗き見の技術が身につく。かつて平安貴族だった殿と登天さんには、覗き見に関して忍者並みのスキルがあった。

「しかも、だぜ――」

書架の間を行き過ぎがてら、こちらに笑いかけた頼もしい若者が、サギリの婚約者だという。現代人に比べて大らかな恋愛論を持つ二人でさえ、布施くんの献身ぶりを思えば泰然自若としては居られなかった。

「来た来た」

地下鉄のホームの階段下で、殿は扇で顔を隠し、登天さんはその後ろに身を隠した。夜の通勤ラッシュを過ぎた時刻、盛り場に向かう者と引き上げる者、夜勤に向かう者、お客たちは悲喜こもごもの表情で階段を下り、そしてのぼる。構内アナウンスが流れ、通行人たちの会話が低いＢＧＭのように周囲を満たす中、ひときわけたたましい声が聞こえてきた。

「なによ、バカじゃないの？　そんな無意味な親切、却って迷惑でしょ」

その声には覚えがあった。スナックさなぎの店外で、電話越しに布施くんに無理難題を云っていた女の声だ。そして、今、布施くんと並んで階段を下りながら嘲笑まじりの罵声をあげるのは――図書館の乙女、教養深きサギリさんである。

一瞬のうちに、驚嘆やら落胆やら同情やらが二人を満たした。

「やっぱり、同一人物なのです」

「双子とか、他人の空似ということはないかね」

「名前が同じですから」

登天さんがため息をついたとき、である。

布施くんたちの後ろから階段を下りて来た男が、すれちがいざまにサギリのバッグに手を掛けた。

「……っ！」

小さな悲鳴が、サギリの口からもれる。

足元がよろめくサギリをかばいざま、布施くんは賊に摑みかかった。

賊は背丈こそ低いが筋肉質の頑丈そうな男である。黒いキャスケット帽を目深にかぶっているので顔が隠れているものの、動作から見て布施くんと同じほどの年頃のようだ。

「ああ、危ないのです……！」

登天さんが思わずか細く叫んだ一瞬後、賊の厚い手のひらが、相撲《すもう》の張り手のように布施くんの頰を叩《たた》いた。

よろり、よろり……。

階段の上で布施くんは、二歩三歩、変なステップを踏んでいるように見えた。その三歩目でバランスを崩して、階段を転げ落ちる。

こんなときは、当人にも周囲の者にも、出来ることは少ない。

殿と登天さんは階下の死角に居て硬直していたし、布施くん自身はゴロゴロと階段を転げ落ちた。

「いやだ。信じられない」

サギリは、布施くんを追って階段を駆け下りる。狙われたバッグは、サギリの腕にしっかりと抱えられていた。元凶である賊の姿は、すでにどこにもなかった。

「布施くん――布施くん――」

もはや、隠れている場合ではない。殿と登天さんも、おろおろと駆け寄った。

駅の階段を転げ落ちるなど、大変な経験だったのだろう。布施くんは怪我はなさそうだが、まだ起き上がれずにいる。駅員が駆け付け、野次馬が集まり、布施くんの周囲に人だかりが出来つつあった。

「バーカみたい」

倒れたままの布施くんの傍らに立ち、かがみ込んで寄り添うこともせずに、サギリが冷たい声でそう云った。災難に遭った人に掛けるにしては無情に過ぎるその言葉に、野次馬たちは驚き憤って、サギリに文句を云いかけた。

「もうッ、退《ど》いてください」

水たまりでも避けるみたいに布施くんの胴体をまたいで、野次馬たちを押しのけ、殿と登天さんのことも押しのけ、サギリは人だかりの外に出る。発車ベルの鳴り出した地下鉄のドアに滑り込むと、一同の視界から消えた。

「あ――あ――」

布施くんは短い声を二回ほど発して、両方の目から一筋ずつ涙を流した。

＊

真夜中のカフェで、殿と登天さんは窓側の席に陣取っている。

登天さんの前にはレモンケーキと抹茶が置かれ、殿は好物のクリームソーダを長いスプーンで突《つっ》きながら外を見ていた。ため息が出る。千年という時間の荒波を、それぞれに乗り越えて来た二人だが、さっき地下鉄の駅で見たものは気持ちの良いものではなかった。

「イヤなものを見ちゃったねぇ」

殿はさっきからしきりとぼやいているが、別に返事が欲しいわけではない。そうと察しているから登天さんは外ばかり見ているのだが、だしぬけに、その小さな全身に緊張が走った。

「来た——来たのです」

　視線は、信号の光がにじむ交差点を向いている。

　赤信号で止まった二台のタクシーの後ろから、とぼとぼと歩いて来る男の姿が見えた。

　布施くんである。

　この近くには布施くんが暮らすアパートがあり、そこから最も近い郵便ポストが交差点のすぐ奥のスーパーマーケットの敷地内に設置されているのだ。

「行くとしようか」

　殿が席を立つ前に、登天さんはすでにレジで会計を済ませていた。

「ちょいと待ちねぃ、ツラさん」

「待ってる場合じゃないのです。早く、早く」

　処暑を過ぎても相変わらずの猛暑が続いているが、夜更けともなると虫の音《ね》が聞こえている。人やクルマと同じように、風が道なりに吹いていた。その中にふと人の顔や揺れる手のひらが見えるのは、熱帯夜がつくる幻か。

　登天さんは短い脚でとことこと走り、殿も狩衣を夜風にはためかせて追った。

　その先に郵便ポストがあり、布施くんが今しも手紙を投函しようとしている。

「布施さん、布施さん」

登天さんが呼ばわると、布施くんは大きく一度、背筋を痙攣《けいれん》させた。たった今、寝床から起き上がったような顔で、こちらを振り返る。手に持っていた手紙が、はらはらとポストの外に落下した。

「手紙、落ちましたよ」

そう云って、登天さんは布施くんの手紙を拾い上げた。

差出人は布施くん。

受取人も布施くん。

布施くんが、自分自身に宛てた手紙だ。

「はい、どうぞ。あなた宛ての郵便です」

登天さんは、ことさらに云う。布施くんの顔には表情がなく、まるで絵に描いた美男のように見えた。登天さんが封を切るように手振りで示すと、布施くんは素直に従う。

「おまえさん、大丈夫かね」

「はあ」

「よしよし。今みたいな気のない返事ってのは、良い兆候だよ。気配りなんて、時として自分に毒だ。さあ、その手紙を読みな。解毒剤だぜ」

「手紙が、解毒剤？」

「いろいろ、辛《つら》かったのでしょうから――」

登天さんが、肩に提げた郵便箱をゴソゴソやっている。

「ぼくは、辛かったんでしょうか？」

「ほら、今みたいに夢遊病になるくらい、ダメージが溜《た》まっているのです」

「夢遊病？」

繰り返して、布施くんはようやくわれに返る。いつもの落ち着きない様子で、きょときょとし出した。

「ぼくは――うちに居たはずなんですけど」

布施くんはこの世に生まれてきたその日から、ただひたすらに周囲に気を配り、他人の顔色をうかがってきた。処世術というよりも、性分だった。自分でも、それで良いと思っていたわけではなかったが、性分だから簡単には変わりようがないのだ。

姿が美しいから第一印象が良く、彼と親しくなりたがる者は多かったが、すぐに侮られた。学生時代の恋人は、彼を『卑屈』だと云った。恩師は『もっと自分を大切に』と云った。上司は『うるさい』と云い、サギリは『バカみたい』と云った。友人は、今日まで一人もできなかった。だから、自分で自分の友人になるよりなかった。

「あなたは夢遊病になって、自分に手紙を書いたのです。ほら、こんなにも」

登天さんが郵便箱を逆さにすると、封書がどっさりと地面に落ちた。そのどれもが、今布施くんが投函しようとして落としたものとそっくりだった。飾り気のない白い封筒に、細くて小さな文字で宛名だけが記してある。

「宛名だけじゃ、郵便物は届かない。それどころか、この手紙はおまえさんの剝《む》き出《だ》しの魂が書かせたもの——半分は化け物みたいなもの——エンティティが書いた手紙だから、まっすぐそっちの郵便局に回されたって寸法だ」

「そっちの郵便局？」

「登天郵便局」

登天さんはさらりと答えてから、最初に手渡した封書を指さす。

布施くんは、のろのろと封筒を破った。宛名と同じ、細くて小さくて自信のなさそうな筆跡で、短い言葉が書かれている。

『ぼくは本当に、サギリさんのことが好きなのか？』

しばし茫然とした後、布施くんは地面に落ちた封筒を次々と開けた。その全てに、同じ一文のみが書かれていた。

＊

「わたしは思うのですが――」

マイクを置いてカウンターにもどると、登天さんは飲みかけの梅サワーを両手で持った。

「サギリさんは、布施さんにフラレたがっていたのではないでしょうか。布施さんの身になれば、精いっぱいの気配りを『卑屈』だとか『うるさい』なんて決めつけられて、恋人にまで捨てられたら、それこそ立つ瀬がないのです。ここで奮起して、自分から別れを云い出すくらいの、男気を発揮させようと――」

「男気ねえ」

殿はサキイカを食べている。

「それはちょっと、穿《うが》ちすぎじゃないのかい？　あの娘は、二股をかけたもう片方に気持ちが傾いたから、布施くんを邪魔にしていた。それだけだよ」

「そのもう片方ですが――。地下鉄の階段でのこと、あれはお芝居だと気付いていましたか？　ひったくり犯は、もう片方の彼でした」

「おや、そうだったのかい？　そいつは、気付かなかったよ」

「二人で算段して、あの場面をこしらえたのでしょう。いくら布施さんでも、身を挺《てい》して庇《かば》った相手から思いやりすら返してもらえなければ、さすがに別れを切り出したくなるというものです」

「で、布施くんは彼女に別れを切り出せたのかね？」

「さて、どちらが云い出したのかはわかりませんが、お付き合いは終わったようです。布施くんのスマートフォンの待ち受け画面が、サギリさんではなく、親子丼になっていましたから」

「どうして、親子丼に？」

「料理に凝り出したようですよ。これまで布施さんは趣味など持ったことがなかったようですから、良い傾向なのです」

「病膏肓《こうこう》に入《い》る、にならなきゃいいがね」

殿は首を回して、骨をぽきぽきと鳴らした。

「ひとつ訂正していいかね」

「なんなりと」

「以前、室町時代に土倉の親方をしていたと云ったが、ありゃ嘘なんだ。あのころ、わしは白い犬に転生していた」

「シロちゃんだったのですか」

「ああ、シロちゃんだった。面目ない」

狭苦しいさなぎの店内、マリちゃんが手招きして、ママが拍手をしている。

「面目ないことなどないのです。殿がシロちゃんを食べた侍たちの方でなくて、良かったのです」

「食うとか食われるとか、振るとか振られるとか、まこと生きるとは修羅の道だねえ」

殿は狩衣の袖をはためかせて立ち上がると、常連客が差し出すマイクを受け取った。

「別るべきこともーあーるものを、ひねもすーに待つとてさーへも、嘆ーきつーるかなぁ」

殿が朗々としたテノールで歌えば、和歌もアリアのように聞こえる。

第六話　吸運鬼

南の海で台風が生まれた朝、狗山《いぬやま》の周辺は濃い霧が出た。

山頂の花園も白くけぶり、まるで練乳に沈む色とりどりの果物のごとく――巨大な白くまアイスのような風情となる。

霧のせいか、花園の中にある登天郵便局も、その日は閑古鳥が鳴いていた。霧の中では焚火も景気が悪いので、登天さんは局舎の中でテレビの落語番組を観《み》ている。殿は一時間ほど前に電話をかけてきて、それからずっと局員の青木《あおき》さんを相手に恋愛論などぶっていた。

あの阿比留《あびる》さんが現れたのは、そんな日だった。

阿比留さんは、若い女の人だ。

霧で輪郭を失った道をたどり、登天郵便局の正面口を開けた阿比留さんは、典型的な幽霊のルックスだった。ホラー映画でよく見るような、黒い髪の毛を長く伸ばし、白いワンピースを着ている。ここは亡くなった人が利用する郵便局ではあるが、お客は生きてたころより活きが良い。だけど、阿比留さんはちがった。まるで、宇宙の暗黒物質に墨汁を塗ったみたいに、ひどく暗かった。

「な、なによ、あんた」

阿比留さんの様子があまりに恨めしそうだったので、青木さんは黒電話の受話器を取り落としそうになったし、登天さんは『たいこ腹』の若旦那の無法さに大笑いしかけた口をそのままに、ロビーを見やってぽかんとした。

「あの」

阿比留さんは、暗い声を発する。黒目がちの双眸は地獄の覗き穴のように暗かった。口の中も、ものすごく黒かった。

「ひひん」

幽霊でも亡霊でも、亡きお客の相手などお手の物のはずなのに、青木さんは喉の奥で馬みたいな悲鳴を上げる。受話器の向こうから、殿が「馬が居るのかい？」と呑気な声で訊いた。

「手紙、出したいんですけど」

阿比留さんは魂が凍るような声で云った。

「なによ。うちは怨霊なんかお断りなのよ！」

「これこれ、青木さん」

テレビから離れた登天さんが、こちらにやって来る。阿比留さんの真っ黒い目が、登天さんの方を向いた。物語が詰まっていそうな目だと、登天さんは思った。

「あなたはこの世の者ではないようなのです。なるほど、ここに来れば、あなたの手紙も差し出せます。でも、それでは何も解決しそうにない。あなたの手紙は、相手に届かないようです」

「ふう――」

阿比留さんは重たい息をついた。

「受け取り拒否されるのかしら。わたし、嫌われているものね」

「宛名の白井《しらい》アキルという人物は、どのような方なのですか？」

登天さんに訊かれて、阿比留さんは即座に「親友です」と答える。それから小さく「そう云ってもらったことがありました」と付け加えた。

「怨霊に親友が居るなんて、聞いたことなーい」

青木さんは、胸の前で九字を切ったり十字を切ったりして、感じ悪く云った。その傍らに置いた受話器から、殿の声が響く。

——おーい、お客人、聞いてるかい？

「は——はい」

——そのパンチパーマ野郎の云うことなんざ、気にするこたないさ。遠慮せずに話しちまいな、きっと楽になるぜ。

「…………」

阿比留さんは、長い髪を揺らして重たい息をつく。

「話せば長くなるんですけど」

＊

わたしは幸運な女なんです。

反対に、幼なじみの白井アキルは、生まれつき不運を背負っているような人です。

わたしたちは、同じ瞬間に生まれました。同じ年、同じ月、同じ日、同じ時間に、同時に生まれたんです。そういうのは特別な感じがするし、なにより珍しいから、子どものころは、お互いに自慢でした。小学校の高学年くらいにソウルメイトという言葉を覚えてからは、自分たちはソウルメイトなんだと思ってました。

でも、ソウルメイトって何でしょう？《腐れ縁》と何がちがうのかしら。

ともかく、小さかった頃はお互いに特別な関係だと信じていましたから、わたしたちはぴったりくっついて育ちました。姉妹よりも——双子よりも親密でした。幼稚園から中学まで、本当にずっと一緒でした。クラスは同じだったり、ちがったりしましたが、登下校は必ず二人で並んで歩いていました。

まるで義務みたいに。

二人で居ることを疑問に思ったのは、わたしが最初だったけど、でもひょっとしたらアキルだって同じ風に感じていたかもしれません。だってソウルメイトですから(笑)。

それで中三のとき、革命を起こすことにしたんです。

何のことない、アキルとは別の高校を志望したってだけですけど。志望理由は、偏差値が高くてカッコよかったから——前年に好きな先輩が入学したから——でも本当は、アキルと別な環境で過ごしてみたかったんです。ちがう友だちが欲しかったんです。

でも、結局、土壇場になって自分の実力に合った学校に変更しました。アキルと同じ志望校です。アキルは喜んでくれたけど、わたしは心のどこかで失望していました。あーあ、これでまた三年間アキルと一緒かって思ったんです。でもやっぱり、アキルだって同じように考えたかもしれません。

光果《こうか》頭良いから、あたし落ちちゃうかも。

そんな風に云って、アキルはニコニコしていました。でも、今にして思えば、心底からニコニコしていたかなんて、わからないですよね。本気で、わたしが志望を変えたことを迷惑がっていたのかもしれません。

結局、当初の希望どおり、わたしたちの引っ付き合う関係は中学で終わりました。アキルが入試で不合格になり、滑り止めに受けた別の高校に通うことになったんです。光果のおかげで落ちちゃったじゃん。アキルは繰り返しそう云いましたけど、そのたびにわたしはちょっと辟易《へきえき》していました。それって、自虐的過ぎると思いませんか?

こうしてわたしたちは至近距離の関係から解放されたわけですが、相変わらず時間の許す限り、一緒に過ごしました。放課後も週末も連休も、別な予定を入れるなんて二人とも考えもしませんでした。だから、相手の家の中のことまでお互いに知りつくしていました。

うちはごく平凡な家庭で、ニュースやドラマなんかで見るトラブルなんて、それこそニュースやドラマの中だけで起こるものなのだと思っていました。父の仕事は順調で、母は趣味や家族の世話で充実して、唯一の心配があるとすれば一人っ子のわたしのことだけど、われながら問題児とは縁遠いのでこれも安心でした。順調でストレスのない家——他人が思う他人の家って感じかもしれません。

一方で、アキルの家族はいろんな悩みを抱えていました。お祖母《ばあ》さんとお母さんの嫁姑《しゅうとめ》問題とか、お父さんがギャンブル好きなこととか、お兄さんの非行とか。結局、お祖母さんは裁判所に息子夫婦を家から追い出したいと訴えた挙句《あげく》に自分が家から追い出され、お父さんのこしらえた借金は大きくなる一方、お兄さんは事件まで起こして警察に逮捕されたりしていました。本当に、ドラマやニュースの世界ですよね……。

そんな家庭の問題でアキルはメゲている様子はなかったけど、二言目には「光果がうらやましい」と云うんです。わたしは、アキルに同情すると同時に、内心では反撥《はんぱつ》もしました。うちが幸せなのは、家族の努力のたまもの。野放図に喧嘩《けんか》したり、ギャンブルしたり、グレたりするアキルの家族の意識が低すぎるのよ——。

でも、そうじゃないのよね。

少し前に「親ガチャに外れた」って言葉をネットで見たけど、アキルが「家族ガチャ」に外れたのは確かだと思います。家族が好き放題に自分勝手しても、アキルはできる限り軌道修正しようと頑張ってましたから。でも、問題がアキルの手に余るほど、盛りだくさんだったわけです。

そんなことが、わたしたちの友情をいよいよ強くした――というわけではありません。

少なくともわたしは思春期を迎えて知恵とか分別が付いてくると、前に感じた二人の異常な親しさにますます疑問を抱くようになってきました。アキルの悪いところ、我慢できないところが、鼻につくようになってきました。たとえば、口癖――。

光果がうらやましい。

将来の夢は整形すること。

美容整形が悪いとか云うつもりはないし、「親からもらった顔を云々《うんぬん》」という云い回しで選択の自由を奪うなんてナンセンスだけど、《将来の夢》と《整形》を直結させるのってどうかと思う。なんだか、自分の容姿が悪いんだって公言しているみたいで、聞く方が暗くなる。小さい頃から一緒に居て、アキルが自分の容姿にコンプレックスを持っていることは、ちらりちらりと云う言葉から気付いていました。でも、そういうのを気にし過ぎるのはどうかと思いませんか？　それこそ、運が悪くなると思うんですけど。

実際、アキルは恋愛とは縁遠い人です。だから、わたしに彼氏が出来たときは、すごく——ものすごくショックだったみたいです。それが中学時代から憧れていた先輩で、わたしがギリギリまで偏差値の高い高校を目指していた原因の人なんですけど——。

わたしたちが付き合っていることを知ったアキルは、びっくりするくらい怒りました。

アキルもずっと、彼のことが好きだったと云うのです。

わたしが、アキルから何もかも奪ったというのです。

彼氏も、第一志望の高校も、容姿も、幸せな家庭も。

話すうちに、アキルの理屈はだんだん可怪しくなってゆきました。わたしが寄生虫みたいに四六時中へばりついて、自分の幸運を吸い取り続けた。その結果、わたしは幸せになって、自分は不幸になった。吸運鬼、吸運鬼、吸運鬼——!

吸血鬼なら聞いたことがあるけど、吸運鬼って何って思いました。

アキルが云うには、わたしが恵まれているのは彼女が享受すべき幸運をわたしが吸い取ったからなんだとか。アキルが恵まれない境遇に陥るのは、わたしに運を奪われているからなんだとか。

そんな馬鹿らしい理屈を真面目に口に出すなんて、アキルもやっぱりストレスが溜まっていたんだと思います。双子以上にぴったりと、わたしから離れない日常に対するストレスがこじれて、とうとう変な理屈を真理だと思うようになったんでしょう。

彼氏をめぐる衝突で、アキルとは縁が切れてしまいました。

お互いに、その方が良かったんだと思います。わたしがストレスを感じている以上に、アキルはわたしとの距離の近さに苦しんでいたんですね。もっと節度のある関係でいたら、友情は失われなかったと思うし、イライラを募らせることもなかった。二人の時間は大いなる無駄だったわけです。

不運なときって思い詰めてしまうものだけど、アキルはずっとそんな調子。だから、つまらない思い込みに縛られてしまうんです。この手紙を読みさえすれば、きっとあの人は救われるんですが。

＊

最初は、変な占い師にひっかかってしまったと思った。

街のちょっと場末な感じの軒下に、夕方くらいから店開きする辻占《つじうら》そっくりに、平安貴族の恰好をした中年男と、明治時代の郵便配達員の服を着た老人が小さな机の前に座っていた。よく見ると、腰かけているのはクーラーボックスで机に見えたのは板を載せたバーベキューコンロだった。

　こんな奇妙な連中に引っかかったのは、こっちの名前を平然と云ってきたから。

「ちょっとそこ行く白井アキルさん。ここで荷物を下ろして行かないかい？」

「荷物？」

「人生の不運。それがおまえさんの荷物ってもんだろう」

　アキルの眉間には、拒否反応を示す皺が寄っていた。しかし、中年男は少しも怯《ひる》まず胸を張る。

　なんだか、面倒くさそうなヤツ。アキルは眉間ばかりか、口元も歪めた。こちらとしては、暑いし喉が渇いていたし、ともかく早く帰りたいのだ。ビールを喉に流し込む一瞬の、ネガティブなことを全部忘れて空っぽになる、あの感じを一刻も早く味わいたいのだ。

「そんなもんは、ここでも味わえるよ」

　中年男は狩衣の袖をばさばささせて立ち上がると、クーラーボックスを開けて缶ビールを取り出した。それを一本ずつ、当然のようにアキルと老人に手渡す。老人が当然のように飲みだすので、アキルまでついプルタブを開けてしまった。軽挙というか、妄動というか、普段ならありえないことだけど、午前中から立て続いた打ち合わせと会議で、いつも以上に疲れていたのだ。

「ふう」

冷えるだけ冷えた甘苦い液体が食道へと落ちて行く瞬間だけ、アキルは初期化された。全てのもやもやも、罪も罰も消えてしまう。でも、そのときを過ぎると、全てが帰って来るんだけど。

「だから、そういう荷物とオサラバしろと云ってんだよ」

「あなた――、今、わたしの頭の中を読んだんですか？」

驚きのあまり、ビール缶を取り落としてしまう。中年と老人は声を揃えて「あー、もったいない」と云った。

「そんなの、さっきから読んでるよ。今さらびっくりするなぃ」

「歌人というのは、洞察力が鍛えられるものです」

中年と老人は、わけのわからないことを云う。

「こちとら、おまえさんの名前も、おまえさんが悩んでいるのも知ってんだよ。おっと、断っとくが、別におまえさんの不運な人生のことなんざ、これっぽっちも興味があるわけじゃないぜ。ただ、ある人から白井アキルを助けてやってくれと頼まれたもんでな」

「ある人って誰よ。それよか、なんでこっちの名前とか知ってんの？　洞察力なんてので、騙されないからね」

「騙されないなんて口にするのは、苦労のしすぎで疑心暗鬼に陥っているせいなのです。これも当たってるでしょう？」

老人の方が「うふ、うふ」と気の抜けた調子で笑うので、なんだかアキルまで気が抜けた。いや、疲れた身にビールが回ったのか。

「さあさあ、新しいのをおあがりなさい」

老人は別の缶を差し出してくるし、中年はクーラーボックスから肉だのソーセージだのトウモロコシだのを取り出して、次々と焼き始めた。

「この肉、なんの肉だと思いますか？」

老人は早くも酔っ払ったみたいにトロンとした目で訊いてくる。なんだか恐ろしい質問だと思っていたら、老人は「熊なのですよ、熊」と云って笑った。もう完全に酔っているようだ。

「さあ、食べな。騙されたと思って、食べな」

帰宅時間の往来でバーベキューをして酒盛りをしているのに、行き交う人たちは気にも留めない。こういうのを『無理が通れば道理が引っ込む』と云うのかしら。そんなことを思いながら、勧められた肉を口の中に入れた。

「なにこれ、美味《おい》しい」

アキルが目を丸くすると、老人も中年も大いに喜んだ。得意そうに「鬼塚くんが素手で捕らえた熊だ」とか「秘伝のタレは、邪馬台国《やまたいこく》伝来のレシピだ」とか、また意味不明なことを云っている。酔っ払いの戯言《たわごと》だろうと思い、アキルは「イェーイ、邪馬台国ぅー」などとふざけてみせた。楽しくもないのに楽しそうに振る舞うのは、子ども時代からの十八番《おはこ》である。そうやって、世界一イヤな女のことをソウルメイトだと持ち上げてきた。でも、何のために、そんな不条理なご機嫌取りなどしてきたのだろう。

「って、思っちゃったのよね」

「思ったら、嗚呼《ああ》、そのときが、ターニングポイント」

中年は俳句みたいなリズムで云い、老人は「逃げろや逃げろ、運命の夜」と続けたけど、それは打ち込まれる五寸釘《ごすんくぎ》のようにアキルの胸を直撃した。

「そうよ。あたしは、あの女の存在から逃げたかった。あの女をあたしの人生から消去したかった。そうしなきゃ、あたしはどんどん運を吸い取られるもの」

梅雨が明けた途端、言質《げんち》でも取るように暑くなった。

会わなくなって久しい《ソウルメイト》の姿を見かけたのは、地元紙の夕刊の一面の記事でだった。『ハツラツ！　地元のヤングリーダー！』という、呆れるようなベタな見出しが躍り、阿比留光果の自信たっぷりな笑顔の写真が大きく添えられている。

こんなの読んだら目が腐る——と、思った。

《ソウルメイト》に対する嫌悪は、もうそれほどまでに大きくなってた。でも、読んだ。読まなければいいのに、打ち捨てられなかった。まるで自傷行為のように、読んだのだ。

それは地元企業で働く若者の活躍を明るい調子で紹介するシリーズ記事で、アキルの《ソウルメイト》は、父親の経営する会社に勤め——このたび二十代にして管理職に就任——その覚悟と将来展望を明朗に語る——などと書き連ねてある。

苦労知らずのうちに光を浴びる幸運の持ち主は、まるで苦労人のような語りっぷりで、恩着せがましいことを云っていた。重責に心が折れそうなときもありますが、こうして選ばれたからには、若者代表として会社にそして社会に貢献してゆくのが務めだと思っています、云々。それから先は、プライベートの充実ぶりが臆面もなく続いてゆく。

　カッと頭の中が熱くなって、新聞を放り出して家を出た。後ろから母親が「どこに行くの」と訊いてきたけど、無視した。

　母の声は陰気で嗄《か》れて、年齢よりずっと老けている。自分ももうじき、こんな声でしゃべるようになるのか。そう思ったら、堪《たま》らなくなった。玄関のたたきに、埃《ほこり》がたまっていた。光果の家の玄関は大理石が敷いてあって、靴箱の上には花屋から定期的に届けられる特別あつらえの花が飾ってあったっけ。

　行く当てなどなくて徒然《つれづれ》に歩くうち、無意識にも中学校時代通った通学路をたどっていることに気づいた。もうすぐ、阿比留家が見えて来る。

　よりにもよって、自分はどうしてこんな道を歩いているのか。

　そう思って引き返そうとしたときだ。落とした視線の先に、釘が落ちていた。すごく長くて太い釘だ。いわゆる五寸釘というヤツかもしれない。すぐ後ろの家が新築工事中らしく覆いをかけられていたから、そこから転がってきたのかもしれなかった。でも、今どきの新築住宅でも、こんな大きな釘を使うのかしら——。

　ともあれ、五寸釘という語感に気を取られるうち、疑問や違和感など消えてしまう。アキルの胸に光がともった。それは毒に満ちた悪い光だったのだが、アキルはそのまばゆさに抵抗できなかった。

帰宅して夕食も食べずに自分の部屋にこもると、押し入れをかき回す。衣装ケースの奥から引っ張り出した埃まみれのアルバムから、次々と写真をはがした。そして、自分のとなりに写っている《ソウルメイト》の笑顔に、拾った五寸釘を突き刺してやった。

アキルがしたことは呪《のろ》いではあったのだけど、何も本気で光果を抹殺しようと思っていたのではない。

他人をうらやむこと、呪うことが、きわめてさもしい行為であり、自分が惨めになるだけだとわかっていた。だから、呪いなんて行為は自虐であり自分の意識に対する自傷行為だと、心の底の底では理解していた。

そもそも、呪いが効くなら、だれも苦労なんかしない。恨みはどんどん晴らせるし、暗殺はどんどん出来てしまうし、保険会社なんか破産してしまう――。だいいち、五寸釘を刺す対象は藁《わら》人形だろうし、何日も続けて丑三《うしみ》つ時《どき》に神社に行くなんて作法も必要なのだろうし、拾った五寸釘を写真に突き刺すなんてデタラメな呪いが効くはずがない。

だから、これは気休め。ただのお遊び。

でも、効いてしまったのだ。

光果は歩道橋のてっぺんで足を踏み外して、階段を転げ落ち、呆気なく死んでしまった。

今まで事故など起きたこともない場所で、まして死ぬほどの危険など見当たらないのに。

あまりにもありえない悲劇だったから、全国ニュースでも報じられた。

殺人犯が居た、通り魔が居た、地縛霊が居たと、いろんな方面で取りざたされた。

『ハツラツ！　地元のヤングリーダー！』の記事で光果を取り上げた地元紙などは、事故の検証記事の連載をしたほどだ。

世間のざわめきに耳をふさいで、アキルは震えあがっていた。光果の死の真相を知っているのは自分だけで、犯人は自分で、でもそのことは決して誰にも云えない。阿比留光果の死亡事故は決して解けない謎だけが残り、警察や行政の検証が済んだ後は、面白半分な騒がれ方をされるようになる。

それで、一番の親友として浮上したのが白井アキルだった。

過去の仲良しぶりがほじくり返され、このたびの悲劇に何を思うかと問われた。

アキルにとって、全てが耐え難かった。逃げることも出来ないし、本当のことを告白するのはさらに出来ない。だから、ただひたすら暗い顔を俯けて耐えていたのだが、なぜかそれが好感を集めた。

光果の事故の波紋の大きさは、悲しむ親友の健気さにとって代わる。

世間はわかり易《やす》い美談が好きなのだなぁと、アキルは他人事《ひとごと》のように思った。そして、風向きが変わるのを感じ取った。運命は阿比留光果に代わるお気に入りに、アキルを選んだらしい。

職場での評価がやたらと好転し、金運が上昇し、恋人まで出来た。アキルが近づけば、信号機は青に変わった。アキルが外出すれば雨が上がって虹まで出た。まるで自動扉みたいに、アキルが歩けば運命は道を開ける。

わざとらしいほどの、幸運ぶりだ。光果は死ぬ少し前まで、こんなにも恵まれていたのか。光果の生前は、自分はこの幸運を吸い取られていたのか。

それとも——。

この幸運ぶりは、アキルがしでかしたことを指摘し糾弾しているのではあるまいか。

「それで。自殺を図ったわけですか」

老人が、顔を上げる。

「何で知ってんのよ」

「知らいでか」

中年の方が、アキルの目の前に昨日退院したばかりの救急病院の診療明細書をちらつかせた。Ａ４用紙に印刷された明細書は、夜風を受けてばさばさと鳴る。

「薬飲んだり、手首を切ったりして、おまえさん、救急病院の常連じゃないか。さぞや、迷惑がられているだろうに」

「そうですね。だから、今度は樹海に行って、帰って来ないから」

アキルがそっぽを向くと、向いた先に手紙を差し出された。老人が、背伸びして白い封筒をこちらに突き付けているのである。アキルが「なによ」と云ったはずみで、焼き肉用のタレが飛んだ。茶色のシミは切手に消印みたいな円を描く。

「樹海には見たこともないような不気味な虫が居るのです。蛇も居ます。物の怪だって居るのです。そんな怖い場所なんかに、行っちゃいけません」

老人はそう云って、手紙を読めと手ぶりで示した。

差出人を見る前から、宛名の筆跡で、だれからの手紙なのかわかった。この二人の不自然すぎる出現は、やっぱり《運命》やら《呪い》やらに仕組まれたことだったのか。だとしたら、拒絶しても逆らっても無駄と云うものだ。アキルは観念したように手紙を受け取り、封を切った。

——吸運鬼だとか呪いだとか、そんなのは迷信です。同じ迷信なら、アキルにはまだ使っていない幸運のストックがどっさりあると思った方が、まだしも合理的なのでは？　ともかく、わたしのせいで、アキルに変な誤解を与えていたのなら謝ります。

読み終えて、アキルは思わず吹き出した。

「ちょっと、ねえ、これウケる。誤解を与えていたのなら謝ります——だって。不祥事がバレた政治家の下手な答弁みたいじゃない？　光果も案外と、マヌケな手紙を書くのね」

運命のことも、五寸釘のことも、死んだ人から手紙を受け取ったという事実も、みんなわきに置いて、アキルは大笑いする。

老人は中年と顔を見合わせて「うん、うん」と頷いた。中年は装束の袖を邪魔そうに翻してから、アキルの皿に醤油味のトウモロコシを載せてやった。

第七話　Y字路

大衆食堂の入り口横のテーブルで、橋田《はしだ》ハルヒコは困り果てていた。

親子丼にするか、オムライスにするか。

とろとろの玉子料理というイメージは、朝起きたときから決まっていた。でも、和風か洋食か、どうしても決めかねている。この悩みに自力では答えが出せないことを、ハルヒコは経験から知っていた。親子丼にしたら、途中からオムライスが食べたくなる。オムライスにしても、しかり。

「ハルヒコくん、注文決まった？」

おかみさんが訊いてくる。笑顔を返しながら、実は額に汗が浮き始めていた。悩みが高じたせいもあるが、空腹を放置すると脳なのか自律神経なのかが要らない危機感を覚えるようで、発汗やらめまいやら体調に異変が生じ始めるのだ。

ハルヒコは選択という行為が苦手だ。

日常のごく平凡な場面での「どっちにする？」というのが、とても苦手なのだ。子ども時代は、駄菓子屋でも、文房具屋でも、ケーキの箱を見せられて「どれにする？」と云われたときも、悩んだ記憶がない。最初にこの《どれにしようかな病》に直面したのは、高校生のときだった。アルバイトで貯めたお金で音楽プレイヤーを買おうとしたとき、白い機種にするか黒い機種にするかで悩んだ。

くだらない。めちゃくちゃ、どうでもいい。

悩みを級友に打ち明けたら、そう云われた。心無い一言にハルヒコは傷ついたけど、自分でもやはりくだらないとは思った。

以来、《どれにしようかな病》は、ことあるごとに発症する。選ばなければ道も歩けず飯も食えないわけだから、最後はヤケっぱちに目をつぶり「ええい、こっち！」という具合に決めるのだが、その選択がまた必ずまちがっている。必ず、だ。

食べ物では食あたりを起こし、馴染めない大学に進学し、合わない仕事に就き、残念な買い物ばかり繰り返し、悪友や悪女と付き合ってきた。こうして失敗を繰り返すうちに、選ぶということがいよいよ恐ろしくなってくる。

「また悩んでるのね。じゃあ、両方食べちゃいなさいよ」

おかみさんは平然と云うが、そんなの無理に決まっている。ハルヒコはすぐに腹が減るくせに、食が細いのである。

「じゃあ、あたしが決めたげるわよ。何と何で悩んでるの？」

「親子丼とオムライス……」

ハルヒコは、細い体格に似合った細い声で答えた。

「よし、おばちゃんにおまかせでいきなさい」

「はあ――はい」

それから七分後、ハルヒコの目の前にはハヤシライスセットが運ばれてきた。

「え……」

「悩んだら、第三の道に進むのも一つの手です。逃げるが勝ち作戦というわけ」

おかみさんは、賢者のように厳かに告げた。

*

帰宅のために電車に乗った後、ハルヒコはきょときょとと視線をめぐらせた。

無意識にも、花子《はなこ》さんを探しているのである。

《無意識》とことさらに云うのは、逆にとても意識してるからだ。

花子さんはハルヒコの想い人で、実は名前も知らない。最初に見たとき、漫画っぽい花の絵がプリントされたトートバッグを持っていた。だから、心の中で《花子さん》と名付けた。後になって、いかにもセンスが足りないと思い、しかも『トイレの花子さん』みたいだと思い、それは『トイレの花子さん』に対してセンスがないと云ったようなものだと気づいて祟りが怖くなった。

ともあれ、電車の方の花子さんとは、生活のリズムが似通っているのだろう。会社に行くときも帰るときも、同じくらいよく見かけた。よく最後尾の車両に乗っているが、そうと決めているわけでもなさそうだった。だから、ニアミスで会えない日もある。あまり会えないと、病気ではないかと心配したり、もしや引っ越してもうこの電車に乗らないのでは……と気持ちを沈ませた。一方で、休日の遅い時間にも出くわすことがあり、そんな幸運に恵まれた日は、世界中のあらゆる神さま仏さまに感謝した。

花子さんは、際立つような美人ではないが、とても整った感じの人だった。とは云っても、硬い感じのスーツにコツコツ鳴るパンプスをはいて——という整い方ではない。髪型はセミロングのサラサラとしたボブで、でもそのサラサラ具合はごく自然である。化粧も自然である。Ａ４サイズの書類がぎりぎり入る大きさのリュックを背負って、スカートではなくパンツにスニーカーというラフなスタイルだ。それでも、まとっている雰囲気は、学生のものではなかった。清潔で温和そうな中に、合理的で凛《りん》とした性格や生き方が感じられた。きっと、看護師とか保育士とか……そういった優しさと知恵と気丈さが求められる職業に就いているのだと、ハルヒコは独り決めしていた。

ハルヒコは花子さんに思慕の念を持った。電車で花子さんと乗り合わせたときは、車両の空気までもが清浄なものに思える。本名も知らないのに、花子さんはハルヒコにとって世界で一番大切な人になっていた。

ハルヒコが乗るのは始発駅で、花子さんはいつも次の駅から乗ってくる。

でも、夕食にハヤシライスセットを食べたその日、花子さんはハルヒコより先にシートに腰かけていた。「え、なんで？」と思い、「ともかく、ラッキー」と思った。

迷わず（確かに、迷わなかった）真向かいに腰かけた後、やはり選択を誤ったことを悔やんだ。彼女の姿をじっと見たくてその席にしたけど、間に人が立ったら元も子もない。それに、真向かいに居てジロジロ眺めるなんて怪しいこと、常識的に考えて出来るわけがない。

しかし、それでも、彼女の視界に自分を置くというのは、なんと嬉し恥ずかしい状況であることか。彼女の網膜に自分の姿が映る――。彼女の脳に、自分が認識される

――。その甘美な現実に、ハルヒコは酔いしれた。

そのように酔いしれているうちに、電車は動き出し、一つ目の駅に停まった。

折しも時刻は夕方のマジックアワーで、空が印象画のような色彩を帯び始めている。

自分に絵が描けたら、この美しい一瞬を永久のものに出来るのに――。

そう思ったとき、真正面に居る花子さんが、ふっと顔を上げた。

まさに、野の花のように自然で可憐《かれん》。こんな表情は、かつて見たことがなかった。

やはりこの席に座って正解である。生まれて初めて、正しい選択をしたのだ。胸を打ち抜かれたハルヒコは、幸福感に満たされるあまり天に召されそうになった。

そんな風に昇天しかけた魂が正気を取り戻したのは、予期せず花子さんが席を立ったせいだ。花子さんの降りる駅は、ハルヒコよりも四つ先のはずである。以前、自宅の最寄り駅を故意に乗り過ごして、彼女の利用する駅を確かめたことがある。でも、尾行して自宅を突き止めるなどと云う真似はしていない。そんなことをしたら、ただの気持ちの悪いヤツに成り下がってしまうから。

でも、今日の花子さんはいつもよりずっと手前で電車を降りたわけで――。

思わず自分もその駅で降りてしまったのは、夕日を見上げる彼女の可憐さを直視してしまい、いつになく大胆になってしまっていたせいかもしれない。でも、駅を出たとたんに彼女を見失ってしまったのは、尾行などという気持ちの悪い行動を起こそうとしたハルヒコへの天罰だったのかもしれない。

駅の改札を出てすぐにY字路になっていて、花子さんの姿が見えなくなったのは、そのY字路だった。

角地にあるのは、かつて事業所か店舗だったと思《おぼ》しき三階建ての灰色の建物である。

そこから伸びる道はどちらも、代わり映えのしない住宅地をしたがえていた。どちらの道も、電柱に《奉納　狗山《いぬやま》神社》という幟旗《のぼりばた》が括《くく》り付《つ》けられて、夜風に揺れていた。

一方の空には宵闇が、もう一方の空にはまだ夕日の明かりが残っている。

道はどちらも狭くて一方通行の表示があり、しかし今現在は祭りのために車両通行止めの看板が出ていた。ひしめくように夜店が並んでいて、煮込んだ醬油の匂いや焼けたソースの匂いを振りまき、善男善女が平和な歩調でそぞろ歩いていた。

そっか。花子さんは、この宵宮を見に来たのか。

そう了解し、しかし宵宮は一人で来るものではあるまいと気づいて、急に心配になった。ドラマや映画では、好《よ》い関係の男女が宵宮や縁日をそぞろ歩くシーンを、しばしば見かけるではないか。

カッと、嫉妬の炎が額の辺りを熱くした。

（どっちに行こう――どっちに行こう）

追いついて何が出来るわけでもないのに、ハルヒコは焦った。

そして、二本の道を前にして、いつものように悩んだ。

（神さま、教えてください！）

そもそも、夕日こそが彼にいつにない大胆な行動をさせたわけで、Y字路を前にハルヒコはやはり夕日が残る方の道を選んだ。食べ物屋、水ヨーヨーの店、金魚すくい、占いやお化け屋敷《やしき》の小屋まで出ていた。その一つ一つに立ち寄って花子さんを探すのは、普通に考えて無理である。

何はともあれ、人いきれや雑多な食べ物の匂い、キッチュな色彩の屋台、若い女性たちの浴衣《ゆかた》の模様、混ざり合った歌謡曲や民謡やワルツ、無数の会話と無数の笑い声、奉納相撲らしい行司の掛け声など、五感を攪拌する刺激にハルヒコは徐々に酩酊《めいてい》にも似た状態に陥っていった。

よろよろと進むうちにも人出はどんどん増して、背中を押されるままに、大道芸の屋台の前に行きついてしまった。

「あ……」

なつかしさと警戒が、同時に湧いた。

それはカップ・アンド・ボールを披露する大道芸だった。伏せた三つのカップの一つに宝物が隠され、手品師が華麗な手つきでカップを動かし、見物人が宝物を隠したカップを当てるという——アレである。

ハルヒコの祖父はこれが得意で、幼い時分にはよく遊んでもらった。長じて選択下手になったものの、祖父との勝負ではしばしば勝利をおさめていたものである。

「さあ、あんた。当てられるもんなら、当ててみなさいよ」

手品師はパンチパーマ頭の貧相な中年男で、ひどく感じ悪い態度でハルヒコを挑発する。

こっちはそれどころじゃないと思いつつも、つい真ん中のカップを指さした。

これまたドラマや映画でおなじみのシチュエーションだが、そんなシーンでは当たりが出たためしがない。ご多分に漏れずハルヒコが失敗すると、パンチパーマの手品師は「バッカを見る〜」とふざけた調子で歌った。

バッカを見る〜。バッカを見る〜。

真似した見物の悪ガキたちの嘲りを背中に受けながら、ハルヒコは来た時と同じ要領で屋台の前から押し出される。

氷水で冷やしたコーラをやけに高い値段で売りつけられ、それを飲みながらとぼとぼ歩き出したころには、花子さんを追いかけるという当初の目的が頭から消えかけていた。

夜店の並ぶ道なりに進み、鳥居をくぐると小さな社があった。

『狗山比売《いぬやまひめ》』という扁額《へんがく》がかけられ、参拝客たちが手を合わせている。それにならってお詣《まい》りを済ませ、また人混みに押されるようにして来た道を戻った。

何気なく目が行った授与所に、おそろしく美しい巫女《みこ》が居る。花子さんに惹《ひ》かれているくせに、ふらふらと美貌に引き寄せられた。巫女は美しい上にも美しい目でハルヒコを正面から見据え、その視線をふっと下げる。

つられて見やった先に、お守りが並んでいた。

選択守、八千円――。高すぎると思う。「八百円、では?」と訊くと、美しい巫女は「八千円です」と少し怒ったような声で答えた。

「あの――ええと」

このとき、ハルヒコはまた誤った選択をしたのかもしれない。大いにためらいつつ財布を取り出すと、《選択守》と刺繍されたお守りを法外な対価と引き換えにもらい受けた。

＊

登天さんが駆け付けたとき、殿は射的の屋台で青い目のセルロイド人形を撃ち落としたところだった。烏帽子の後頭部に、プラスチックのお面を括り付けている。アニメのキャラクターのようだが、夜店に並べられているものとはちがっていささか生々しい感じがする。

「それは？」

「青い目の人形だよ」

「烏帽子に付けている方です」

「狗山比売の似姿だ。授与所に行けば四千円で売ってるぜ」

「高いのです」

登天さんは、屋台の入り口にある「射的一回千円」という張り紙を見た。

「どちらも、やたらと高いのです。無駄遣いは、ほどほどになさい」

「臨時収入があったものでね」

殿は西部劇みたいな大仰な銃を置き、分別げに頷いた。

「あのハルヒコくんというのは、なかなか気前のよい好青年だね」

そんなことを云うので、登天さんは探るような目つきで殿を見上げた。

「いやいや、彼は大丈夫さ。なかなかの分別屋だし、したたか者だと思うよ。当人にはそんな自覚は少しもないみたいだけどさ」

「どうですかねぇ」

「ところで、頼んでおいたものは、用意してくれたかい」

殿が差し出したぶ厚いてのひらの上に、登天さんは小粋なプリントが施された紙を差し出した。パン屋のチラシである。

「よしよし。では、頃合いを見て配達しといてくれ」

「わたしの仕事は郵便配達なので、チラシのポスティングはしないのです」

「かたいこと云いっこなしだぜ。頼んだよ。さあ、行ったり、行ったり」

シッシッと追い払うように手振りをしてから、殿はチラシのことなど忘れてしまったらしい。肩の筋肉を動かし、「あと一回できるぞ」と意気込みながら西部劇の保安官みたいな動作でコルク銃を構える。

「今度こそクリームビスケットを撃ち取ってやる」

「買った方が、安上がりなのです」

「おまえさんときたら、男のロマンをちっとも理解していない」

ニヒルに笑って引き金を引いたが、ニヒルな笑いを意識しすぎたせいで銃口がそれた。コルク玉は、クリームビスケットの隣の福助人形を撃ち落とした。

＊

うたた寝をして目が覚め、窓から入る熱風と時刻のわからないどんよりした陽光に、ハルヒコはうろたえた。

寝過ごした。会社に遅刻する――。

うろたえて時計を見ると、針は三時五十五分を指していた。

四時前――朝の四時だろうか――じゃあ、遅刻しないで済むけど、何かちがう気がする。

あれこれと思い悩んでから、「あ」と息をついた。午後の四時だ。どうして、そんな時間にうちに居るんだろう。そうか、日曜日だからか。

せっかくの休日をうたた寝などに使ってしまったと後悔したとたん、今しがたまで見ていた夢を思い出した。

いつもの電車に乗っていたハルヒコは、花子さんの姿を追って知らない駅に降り立った。しかし、駅は非常識なくらい混んでいる。前に居る平安貴族みたいな中年男に足を踏まれて悲鳴を上げ、つかの間そいつの烏帽子の後ろを睨みつけているうちに、痛恨の極み、花子さんの姿を見失ってしまった。

腹立ちまぎれに、おじさんを追い抜いて改札を出たのだけど、やはりもう遅かった。花子さんの姿はどこにもない。夢の中では、ここで彼女を見失ったら永遠に会えない——という設定になっていた。

ともあれ、混雑しているために立ち止まっていることはできない。

落胆とともに駅の建物から出ると、Y字路になっていた。

ヘンテコな区割りだと思うと同時に、見たことのある風景だと思った。

しかし、問題はこのY字路である。二つの方向にのびる道のどちらを選ぶか、ハルヒコはいつものように迷った——迷いに迷った。Y字路だと認識したとたん、日差しが蔭《かげ》って霧まで出てきた。何が何でも道に迷わせてやるという、神か悪魔の強い意志を感じたように思った。

「ああ……」

嘆いているうちに風景の輪郭が曖昧になり、二枚重ねのクッションを枕に湿気たワ

ンルームの床板に寝そべっていたというわけだ。もう二度と花子さんに会えないなど
と——夢で済んでホッとした。
（それにしても——）
花子さんとY字路の二点セットでうなされるとは、八千円もしたお守りのご利益は
なかったらしい。夢ばかりではなく現実でも、ハルヒコは日々まちがった選択をし続
けている。欠席した高校のクラス会はたいそう面白かったと聞いた、昨日買ったアボ
カドは熟れすぎて実が黒くなっていた、などなど……。
網戸にした窓から、騒音と煙がなだれ込んで来る。隣室の住人が、窓外の狭い狭い
空間でバーベキューを始めたらしい。
——美味《うま》そー。近所の人たち、この煙でゴハン三杯は食べれるねー。
そんなわけあるか！
憤然と窓を閉めに行ったのだが、声の主と目が合って、つい気弱に笑ってしまう。
それでもサッシ戸が閉まる刹那、「感じわるー」という憤慨の声が聞こえた。
ああ、引っ越したい。
そろそろアパートの契約更新の時期である。花子さんと同じ電車の沿線に居るの
で、この一帯からは離れたくない。そう思って、住環境の悪さに目をつぶってきた。

でも、隣はうるさいし、二階はうるさいし、共用部分の蛍光灯は切れても替えてもらえないし、エアコンの調子が悪いし、買い物は不便だし、その割に家賃が高いと思うし。そんな小さなストレスを溜め続けるのは、あまり健康的なことではあるまい。

いや、ハルヒコの気持ちを暗くしているのは、あの宵宮以来、一度も花子さんを見かけていないという事実だ。

（ひょっとしたら――）

花子さんこそ、引っ越してしまったのかもしれない。

ハルヒコ自身、引っ越しのことが頭をよぎるのだ。彼は花子さんと同じ電車の沿線に住みたいという下心があるため、転居できずにいる。でも、花子さんにはそんな制限などあるはずもなく、いつだってどこにだって行ってしまえる。

そう思ったとたん、暗くて重たいものが胸の中になだれ込んだ。

電車で出会えなくなってしまったということは、ハルヒコの人生から花子さんが消えてしまったことを意味する。パッとしない日常の、パッとしない人生の、唯一のときめきだったのだ。

そう思ったとたん、もっと暗くて重たいものが胸の中になだれ込んだ。

どうして、過去形を使うのか。花子さんは、もう過去の存在となってしまったのか。本当の名前を知ることもなく、このあまりにも淡くて殆ど真水みたいな恋は終わってしまうのか。いや、あのほのか過ぎたときめきは、世間一般で云う恋の範疇《はんちゅう》になんて入らないだろう。

（ていうか、また過去形使ってる！）

歎きの発作に襲われていると、玄関ドアの郵便受けがガタゴトと鳴った。こんなときに、郵便なんかのために割く意識なんて、一ミクロンもない！　などと文句を云いながらも、玄関に向かった。眼鏡屋のダイレクトメールが一通。その前に配られていたらしい、パン屋の新規オープンのチラシと一緒にスニーカーの上に落ちていた。

眼鏡は新調する予定はないので、下駄《げた》箱の上に置いた。下駄箱の上には、すでに市の広報とか投げ込みチラシなどが積まれている。届いてすぐに捨てるのも悪いから、しばしプールした後に片付ける予定の古紙が、半年分くらい溜まっているのだ。目を落とせば、靴脱ぎの隅っこには綿ボコリまで溜まっていた。これも早々に掃除をしなければ――。

面白くない現実から目を逸らしたくて、パン屋のチラシを見る。

人参《にんじん》サラダのサンドイッチ――ほうれん草とベーコンのキッシュ――パンプキンパイ――シンプルでパリパリのクロワッサン――。

（パリパリというのは、食感と花の都パリを掛けているのだろうか）

そんなことを考えたら、頭のどこかでクロワッサンのパリパリとした歯触りとバターの匂いが広がった。それは瞬く間に膨張して、意識の殆どを覆ってしまう。

（今、クロワッサンを食べなきゃ死ぬかも）

そこまで思いつめたのは、やはり現実逃避というものである。しかし、前向きな目標が出来たおかげで胸が躍り出し、ハルヒコはチラシを片手に外に出た。

品書きの右下に店の住所と簡単な地図が載っていて、くだんのパン屋があるのは以前ときたま利用していた弁当屋の場所だった。いつの間にか閉店して貸店舗の貼り紙がしてあったが、また食べ物屋が入ったというのは嬉しいことだ。そこを通りかかるときは、なぜか不思議と空腹を抱えていることが多いのだ。

そんな風に、馴染みの場所なのに、迷ってしまった。

この辺りは区画整理がまったくされていなくて、曲がる道を一つまちがうと厄介なことになる。それは承知していたが、まさか本当に迷うとは思っていなかった。

一帯のランドマークである、間口がやたらと広い古いマンションを頼りに路地に入り込むと、いよいよ進退窮まった。

と云うのは、行く手に見覚えのあるY字路が現れたのである。夢の中でハルヒコを翻弄したY字路。実際には、宵宮の夜に花子さんの姿を見失ったY字路だ。

ハルヒコの胸の中に、被害妄想がむくむくと広がり出した。これは祟りとか呪いとか宿命などと云った、何らかの理不尽な超常現象によるものにちがいない。そいつが、自分を意中の人や目的地から遠ざけている。花子さんどころか、パン屋にすらたどり着くことが出来ないなんて、あんまりではないか。

涙が出そうになって、慌てて気を取り直した。いい年をして、パン屋に行くのに迷って泣き出したりしたら、それこそ情けなくて泣けてくる。

「よし」

気合を入れて、決闘でもするみたいにY字路の角に立った。通りすがりの主婦や小学生たちが不審そうに振り返ったけど、当人は気が付きもしない。

角地にあるのは、かつて事業所か店舗だったらしい、古い三階建ての住宅で、左にはクリーニング屋、自転車屋、古いアパート、民家、民家——と続く。右はもんじゃ焼き屋、居酒屋、民家、民家、空き地——と続く。

どっちも、兄弟か親戚みたいに似た風景だった。

このY字路は、宵宮で見たのと同じ道である。あれは電車で何駅も離れていたから、徒歩数分で迷い込めるはずはないのに——。

ハルヒコはこのときも、夢見心地だったにちがいない。夢の中に居るように、ここにあるはずのないY字路に悩み、また夢の中に居るようにやたらと果敢になった。結局のところ、右の道を選んだのか左の道を選んだのかは、後々の記憶に残らなかった。

ただ、バターと蜂蜜の匂いが風に乗ってふわりと届いた。ハルヒコは、腹の空いた猫のように、そちらに歩いて行ったのである。

パン屋は、地図のとおり、かつてよく行った弁当屋の場所にあった。

バラ色と白の縞《しま》模様の日よけ、ココヤシの泥落としマット、そしてパンの焼けるほくほくとした匂い。開店したてらしく、客が次々と出入りしている。

(やった)

泥落としの上に立ち、ハルヒコは自分が正しい選択をしたことを確信した。

Y字路で正しい道を選び、目的地にたどり着いた。この世に生まれ出て四半世紀余り、選択コンプレックスが高じて選択アレルギーに陥っていた彼だったが、とうとう食い気の力を借りて連敗に終止符を打ったのだ。

しかし、彼を導いたのは食い気だけではなかった。

焼きあがったばかりのクロワッサンをトレイに積んで、中くらいの背丈の、セミロングのボブカットの、花柄のエプロンを着けた、とても感じの良い女の人がこちらを見て「あ」と云った。

「――線に乗っている人ですよね？」

花子さんである。花子さんの胸には旧式のネームプレートがピンで留められていて、「小野《おの》」と苗字が記されていた。

（名前は小野――花子さんていうの？）

ハルヒコは呆《ほう》けたような表情で胸中に唱え、いやいやそんなことはないだろうと思ってから、ようやく慌てた。

花子さんが、パン屋で働いている。

花子さんが、話しかけてくれている。

花子さんは、電車の中でハルヒコの存在に気付いていてくれていた！

ハルヒコはこみ上げる幸福感で溺れそうになった。この幸せは、魔のY字路の存在よりも、よっぽど現実離れしたものに思えた。

「橋田《はしだ》――晴彦《はるひこ》と申します」

すっかりのぼせ上がった末に、シチュエーションとして少々可怪しい感じで名乗りを上げた。花子さんはやはり面食らったのだけど、広くもない店内にあふれるお客たちの様子に気付いて、慌てて職業人らしく冷静そうな笑顔に戻った。

「この頃、電車で見かけないので心配してましたけど、こちらに――」

転職したからなんですね。

詮索じみたことを云うのは感じが悪いからと、曖昧に呑み込んだ言葉はしかし花子さんに伝わった。

「そうなんです。電車に乗る時間帯が変わりましたから。でも――」

クロワッサンを棚の上に置いて、花子さんは真っすぐにハルヒコを見上げた。

「本当に、ハルヒコさんって云うんですね。わたし、電車で見かけて、あなたに勝手な名前を付けてたんです。ハルヒコさんって」

うーわー！　うわーうわーうわー！

ハルヒコは吃驚《びっくり》して、埴輪《はにわ》みたいに口をまんまるく開き、頓狂な声を上げた。

混み合う店内ではヒンシュクを買うことだったので、次の瞬間には周囲に向かってぺこぺこと頭を下げる。でも、ハルヒコは幸福だった。全てのトラブルと困惑は、この幸福に至る布石だったのだ。そう思ったら、パンを買わないうちに胃も心も満タンになった。

第八話　葬儀を終えて

唐屋《からや》の台所は、山里の旅館らしく、清潔で広い。そして、照明の具合なのか採光の具合なのか、はたまた家相のせいか、ひどく陰気である。

土間には竈《かまど》が並び、真鍮《しんちゅう》の蛇口から流れ出るのは井戸の水だ。流し台には古ぼけた花柄のタイルが貼りつけられ、黒光りする水屋には普段使いながら由緒のありそうな皿小鉢が、飽和状態で収納されている。

この建物はずいぶんと前に旅館としての機能を終え、隠居した当主の住まいとしてのみ使われていた。そんな寂しい営みも、隠居の死によって終わった。旧唐屋旅館は、今日から廃墟《はいきょ》に変わる。家が嘆くのか、このところよくキシキシと家鳴りが続いていた。

「今年のセミは、しつこく鳴くわね」

「だって、暑いもの。あいつら、くっそ暑いのが好きだから」

「セミの気が知れない」

「メスのセミって、あのうるさい声を聞いて『なんてステキなお声』って思うのかしら」

「ますます気が知れない」

「おとうさんも、よくギャースカわめいてたわよね」

「前世はセミだったんじゃないの？」

あずき色の大きな卓子《テーブル》を囲んで、割烹着《かっぽうぎ》姿の中年女性が三人、せっせと口と手を動かしていた。隠居の葬儀が終わり、お斎《とき》の支度をしているのである。

彼女たちは姉妹で、嫁ぎもせず、あるいは嫁いだが出戻って、父・清三《せいぞう》の手足としてよく働いた。清三が隠居してからは、家政を切り盛りしてきた。隠れ里として売っていた唐屋旅館は実際に山奥にあり、食料も燃料も当然のように自給自足していたから、ただ住むだけでも仕事には事欠かないのだ。

「兄さんがお葬式に出たのは意外だったわ。喪主まで務めてくれて助かったけど、なんか狡《ずる》いって思うのよね」

「狡いのは、父親似じゃない？　自己中で自己愛の権化」

「おとうさんって、わたしたちのことなんか、奴隷か虫けらだと思ってたわよね」

「兄貴だって、同じ。まあ、こっちを奴隷扱いしないだけ、まだマシよ」

「してるわよー。だから、わたしたち、ここでお斎の支度をしてるんじゃない。普通に考えたら、自分とこの料理人に任せるとか、仕出しを頼むでしょうが」

「そうよ。兄貴の本性は、実はおとうさんと一緒なのよ」

兄は清三の事業を継いで、観光ホテルを営んでいる。継いだと云っても粋人や金満家相手の高級旅館はキッパリやめて、もう少し便利な場所に気安い観光ホテルを建てた。

もはや世の中は好景気になど戻りそうもなかったから、兄がとった生き残りの戦略はまちがってはいなかった。しかし、清三だけは駄々っ子のように怒った。自分でこしらえた唐屋の業態は、清三の誇りであり骨肉であり人生の全てだった。唐屋に手をかける者は生かしておけぬ——などと、物騒なことまで云い出すほどだった。

「おとうさんって、家から一歩出ると、急に紳士面してたけど」

「究極のエエカッコシイなのよ。汚れ仕事は、全部わたしたちに押し付けて」

「お通夜に来てくれた猟友会の富士作《ふじさく》さんが、おとうさんのことを褒めまくるもんだから、わたし笑っちゃったわよ。『生まれついての善人』だとか『温和で思慮分別の人』だとか『前世は貴族か皇族か』だとか」

「うけるー、なにそれ、うけるー」

「でも、エエカッコシイだから、一歩外に出ると善人ぶって分別ぶって上品ぶるから、世の中の人は騙されちゃうのよね」

「あたしだって子どものころは、おとうさんを尊敬してたもの」

三女が云うと、長女と次女は「なぜか、わたしも」と声を揃える。それで、三人そろって爆笑した。

「皆さん、仲がよいですね。『仲良きことは美しき哉《かな》』なのです」

姉妹に混じって調理を手伝っている老人が、にこやかに云った。

＊

山奥の分限者の台所に、なぜか殿と登天さんが居る。登天さんは明治時代の郵便配達員の制服の上に割烹着を着け、殿もいつもの狩衣に割烹着を重ね着して、せっせと稲荷寿司《いなりずし》を作っていた。

——唐屋旅館に長逗留《とうりゅう》したとき、ひとかたならぬ世話になったんですよ。ああ、あれは忘れようったって、忘れられない。

通夜に訪れたとき、殿がそんな嘘の自己紹介をすると、誰もが簡単に騙された。喪主である長男は父親と同じほどケチだから、殿と登天さんが手伝いを申し出ると、一も二もなく歓迎された。

「ねえ、おとうさんってさ『参勤交代が始まると、唐屋は日の本最初の本陣となった』なんて話してなかったっけ？」

本陣とは、大名や旗本も宿泊する場所のことだ。土地の名士や分限者の家がその役割を果たすことが多いので、一般的な宿屋が本陣となることはない。そもそも、大名行列はこんな街道から外れた山奥など通るまい。

「でもなぁ、お嬢さんがた」

殿が口を挟むと、姉妹は「お嬢さんだって、いやーだぁ、この人」と声を揃えた。

「殿さんはさ――」

会葬者として訪れたとき、殿は《殿村《とのむら》》と名乗っている。

「殿さんは、わたしらより若いでしょ？」

殿は平安時代から何度も生まれ変わり、その全ての記憶がなぜかリセットされずに積もっている。だから、殿自身は千年も生きてきた気でいるのだ。しかし、今生での年齢は四十代半ばである。

「お嬢さん方は、いくつになったって清三さんのお嬢さんに変わりねぇやな」

「普段なら、あの人使いの荒い偏屈ジジイなんかと血縁呼ばわりされるのはイヤなんだけど、殿さんにそう云われると何だか嬉しいわね」

「いやぁ、照れるなぁ」

殿は本当に顔を赤くしてみせる。千年かけて学んだ智慧《ちえ》の一つ、年齢を問わず女性と親しくなる秘訣《ひけつ》は、威厳より愛嬌なのだ。

「男が世間体を気にするのは、仕事のため、家のため、家族を守るためなんだぜ。あまり悪《あ》しざまに云うねぃ」

「はあ？」

今度は、そろってブーイングを浴びた。

「殿さんは、うちのおとうさんの正体を知らないのよ」

「おとうさんのエエカッコシイは、百パーセント自己満足のためなんです！」

「もしも刑法に自己中に関する罰則があるなら、おとうさんは死刑だわ、死刑」

姉妹は、昔懐かしいギャグ漫画のポーズを真似し合って笑い転げた。

「つまり、親父さんはワルだったのかね？」

「わたしたちにとっては、ワルだったわね」

「ほかにも、まあ、いろいろとね」

「そうね、いろいろとね」

三人は目を見交わし、それから気を取り直したように忙しいフリをした。そして、いかにも話を逸らしたという調子で、登天さんに菜箸を手渡す。

「お爺ちゃん、悪いんだけど、煮しめを大皿に盛ってくんない？　彩り良く、美味しそうに見えるようにね」

登天さんは記帳に《登天貫之》と記したが、三人には覚えてもらえず『お爺ちゃん』ということになっている。でも、若い女性（登天さんにしてみれば、五十代の姉妹も乙女と大差ない）に頼りにされるのが嬉しくて、呼ばれるたびにニコニコ顔になる。

「おまかせあれ」

登天さんがまめまめしく働く傍らで、殿は里芋をつまみ食いした。

「殿さんは、うちに泊まったことあるそうだけど、いつの話？」

「ずいぶんと前だなあ」

「うちってねえ、最初のころは本業が追剝だったらしいわ」

江戸時代の話だけど、と注釈が付く。

「被害者は、泊まり客だったのよね」

「唐屋は元々、行商人や流れ者相手の旅人宿だったのよ。泊まり客も怪しかったけど、宿自体がもっと怪しかったらしいもんね。泊まったが最後、生きて出発できたらおなぐさみィ、みたいな？」

「お殿さまが参勤交代で泊まるような宿じゃなかったのだけは、確かよね」

「ところで、この近くに霊場があるじゃない？」

女性の話は、コロコロと行き先を変える。長いこと父親や自分たちばかりで暮らしていたので、外から来た者を相手にすると気持ちが高揚するらしい。

「だから、ここにもシャレにならないお客がよく来たものよ」

「シャレにならないってぇと？」

「おとうさんって、意外と霊感があってね」

わけありのお客が来ると、清三は一目でそれと見抜いた。

――あの子には、男が憑いてるぞ。

恋人の霊が取り憑いている。しかも、その恋人はこの世の者ではなく、彼女は恋人の死に気付いていないのだという。

「その女の子、ツインの部屋で二人分の食事を食べて、ずっとだれかとおしゃべりしてたのよ」

「おいおい、怖いこと云いっこなしだぜ」

殿が身震いの真似をすると、三姉妹は悪趣味な愉快さで目をきらきらさせた。

「廃線跡を見に来た男の人ってのが居て、出かけたのはいいけど、とうとう戻って来なくて」

「ああ、あの廃線ファンのおじさんね。確かに、怪しかったわよね」

しょぼくれた中年男で、鉄道ファンらしい覇気や熱気が何も感じられなかったから、姉妹たちは違和感を覚えたという。

「あの人、自殺志願者じゃないかって、おとうさんが云ってたっけ」

「なにやら、恐ろしそうな話なのです」

登天さんは手が震えて、こんにゃくを取りこぼした。殿がすかさず拾って、自分の口に入れる。

「そのしょぼくれた廃線ファンの人、近くにある唐針《からはり》駅を見に行くって云ってたのよ。連泊の予定なのに、初日に行ったっきり戻って来なかった」

長女が云うと、次女が「永遠に」と付け足し、三女も「永久に」と付け足した。

「どういうことなんだい？」

「やっぱり、山に入って自殺しちゃったんじゃないかしら。このあたり、のんびりして見えるけど、実は崖があったり底なし沼があったりして、案外と危険なのよ」

「山菜採りに行った地元の人たちだって、たまに怖い目に遭ってんだから」

「ましてや、都会人には危ないと思うわ」

旅館が営業していたころは、こうして宿泊客たちに注意を促していたのだろう。姉妹の説明は、芝居のセリフのように息が合っていた。

「でも、その男が見に行ったのは、駅なんだろ？　いくら廃駅でも、駅に底なし沼なんかないだろうよ」

殿が反論すると、三姉妹は声を合わせて「だからー」と苛立《いらだ》った声を出した。

「最初から自殺願望があって、駅じゃなくて山に行っちゃったのよ、きっと」

「後でわかったんだけど、その人ってすごい借金があって、本当に自殺する気でここに来たらしいのよね」

＊

姉妹の話を聞いてさぞやおどろおどろしい場所だと想像して来たのに、唐針駅は牧歌的な風景の中に建つほのぼのとした建物だった。地元の有志の人たちが、花を植えたり掃除や片付けを行っているようだ。

白いシュウメイギクが揺れ、秋虫が鳴き始めた小さな駅には、今でも素朴なローカル列車が到着しそうな趣《おもむ》きがあった。

「つかぬことをお尋ねしますが」

登天さんは、狸《たぬき》ジジイのような肚《はら》の見えない調子で云った。

「今ここに居る殿はエンティティであらせられますが、それはつまり生霊の状態なのですか？　そうだとしたら、殿ご本体は現在、どこでどうしているのやら？」

殿は口笛など吹いてとぼけていたが、ふと真顔になって小柄な登天さんを見おろした。視線の先には光る眼が待ち構えている。つかの間たじろいでしまったが、すぐに太々《ふてぶて》しい態度で空など見上げた。

「空は青いな大きいな」

「海ではなく？」

「まあ、どっちでもいいわけだよ。どっちも青いし大《お》っきいし」

宇宙に吸い込まれてしまいそうな高い晴天は、美しいというより恐ろしい。

「輪廻を重ねて、重ねて、重ねまくると、魂は解脱するというが、そいつぁ良いねえ。生きるというのは、苦悩と同義だ。わしゃ、もうそういうのは飽き飽きしちまったぃ」

失われた鉄路の道なりに、南風が吹き付ける。風は殿の烏帽子をぐらぐらさせ、登天さんの短く刈った髪を逆立たせた。

「おまえさん、昔、うちに訪ねて来いと誘ったら、ヘンテコな返歌をよこしたっけ。ありゃ、どういう意味だったのかね」

――黒髪と雪とのなかの憂き見れば友鏡をもつらしとぞ思う
殿は髪の毛も黒くてふさふさで若くステキだけど、自分なんかどーせ白髪のジジイですから――そんな感じの意味である。

「ひとの招待を断るには、奇っ怪な理屈だ。深窓のご婦人でもあるまいに、白髪だから行きたくないなどと、今どきの職場の飲み会でも通用しねぇぞ」

「ああ――。あのときは実は、来客があったのです」

「なんだ、そうだったのかい。だれが来てたんだい？　わしの知ったヤツかい？」

「ええ、ご存知の方です」

登天さんは懐かしそうに目を細める。

「あのときもやはり、かのお人は姿が見えなかったのですが」

「え？」

不可解な物言いに怪訝《けげん》そうな顔をする殿をはぐらかすように、登天さんは話題を変えた。最初の問いには、どうせ答えなど返ってこないと知っているのだ。

「ところで、さきほど殿は唐屋旅館に泊まったことがあると云ってましたが」

「そうそう、泊まったことあるぜ」

「それは、いつの話なのですか？」

「江戸時代だねぇ。わしは、薬の行商をしていたんだ。孫太郎虫を売り歩いてたんだよ」

孫太郎虫とはヘビトンボの幼虫の干物で、赤ん坊の疳《かん》の虫《むし》に効く。

「そういうのは、ちょっと苦手で――」

登天さんは、困ったように眉毛を下げた。

「あんなにことさらに云うほど、宿にお世話を掛けたのですか？」

「うーむ」

殿は狩衣の裾をばさりと翻して、木のベンチに座った。

「身ぐるみを剝がされてな、川の治水工事の人柱にされた」

「えええ？　――壮絶な最期なのです……」

登天さんは愕然と呟くが、すぐに言葉を切って立ち上がった。

「殿――今、そこに幽霊が居たのです。ご婦人方が云っていた、例のしょぼくれた廃線ファンが——」

楕円形《だえんけい》に整えられたサツキの植え込みを指さし、登天さんが顔付きを険しくしている。

「あんなにはっきりと見える幽霊は、初めてなのです。これは、妖霊星《ようれぼし》の出現にも劣らぬ不吉さ……」

「駅の掃除に来たボランティアじゃないのかい？」

殿は沓音高く辺りを見回ったが、幽霊など影も形も見えない。

通販で買ったお清めのスプレーを辺りにまき散らし、登天さんは熱心に念仏を唱えた。

＊

唐屋に戻ると、三姉妹はまだ台所でおしゃべりを続けていた。料理の準備は一通り終えて、大きなスイカを抱えてくる。この夏はまだスイカを食べていなかったので、殿と登天さんは大いに喜んだ。

「さっき、幽霊を見たのです」

廃駅で見たものを説明すると、三姉妹は怖そうに身を寄せ合った。登天さんが幽霊の人相風体を説明すると、三人は口元を隠したり、のけぞる仕草をしたりする。

「それ、例の——唐針駅を見に行って消えちゃった人じゃないの？　だって、そっくりだもの」

「やっぱり、いまだに彷徨ってたのねえ」

「ナンマンダーブ、ナンマンダーブ」

口々に念仏を唱えると、深刻さが消えて滑稽なことのように思えてくる。

「でもね。行方不明になった人なら、ほかにも居るのよ」

次女がそんなことを云い出し、姉と妹は「やあだ」とか「やめなさいよ」なんて云ったが、噂好きの虫が騒ぐらしい。結局のところ三人そろって目を輝かせ、消えたのは唐屋で働いていた仲居なのだと云った。

「仲居が居たのかい？　親父さんがケチん坊だから、従業員は雇わないで、おまえさんたちばかりをコキ使ってたんだと思ったよ」

「基本的には、そうだったんだけど」

「その仲居は、愛人だったの」

「誰の愛人なのですか？」

「だからぁ、おとうさんの愛人に決まってる」

またも三人が声を揃えて云うので、今度は殿と登天さんが手で口元を覆ってのけぞった。

「そもそもは、都会から不動産屋の営業が来たことが始まりだったのよ」

まな板に載せた大きなスイカを、長女が菜切《なき》り包丁《ぼうちょう》で真っ二つに割る。皮の際まで赤く色づいた実から甘い芳香が立ち上った。一同はこんなときの常で「おお」とどよめいた。

「世の中が不景気になって、こんなセレブ相手の旅館をやってたってしょうがないから、もっと庶民にも門戸を開きなさいよって、そんなこと云ってたのよね、あの赤ちゃん男」

「あ——赤ちゃん男？」

気持ちの悪い響きだ。殿と登天さんは、困ったような顔でお互いを見た。

「その営業マンのあだ名よ。わたしたちが、陰でこっそりとそう呼んでたわけ」

「本名なんて忘れちゃったわよね」

「ていうか、最初から覚えてない。赤ちゃん男ってのが、あんまりぴったりで」

「へーえ、どんな野郎なんだい？」

「やけに童顔でさ、気味が悪い男だったの」

「そう。色白で童顔で、肌が変にピチピチして」

「赤ちゃん男とは――妖怪みたいな綽名《あだな》なのです」

「ほら、食べて。甘そうだわよ」

馬の目模様の大きな石皿に、スイカの切り身がどんどん載せられてゆく。《赤ちゃん男》という呼び名に込められた感じの悪さも、スイカの赤色と甘さで中和されるような気がして、五人は夢中でかぶりついた。

「これは美味しいわ。肥料が良かったわね」

「お塩をかけましょうか」

「塩分とりすぎは、ダメよ」

「でも、夏だから塩分補給しなくちゃ」

「それで、赤ちゃん男の話は？」

「そうそう。そいつが、赤ちゃんみたいに無邪気な笑顔で、唐屋を観光ホテルにしろって云うわけ。パソコンで作った、ステキな資料をどっさり持って来てさ」

次女が云った。

「当然、おとうさんは断ったわよ。カンカンに怒ってた」

「おとうさんの感覚としては、先祖の墓をつぶしてカボチャ畑にでもしろって云われたみたいなものだもの」

「それとか、金の斧《おの》を軽くて便利な黒チタンメッキの斧に換えてあげます、みたいな」

「ある意味、許せないのです……」

「でしょ。かくして、赤ちゃん男はものの五分もたたないうちに追い出されたってわけ」

長女が云うと、三女が言葉を継ぐ。

「でも、アイツ、しつこかったわよねえ。どこで調べたのか、おとうさんの好物を探り出して、懲りずに何度も何度も来るのよ。古酒とか、カラスミとか、エスカルゴの缶詰とか持ってさぁ」

「おとうさんはますます怒って、『おまえたち、ヤツを八つ裂きにしてカラスの餌にしろー』とか云い出すんだもん」

「おとうさん、けっこうマジだったわよ」

「怖い、怖い」

「こんなとき女はまるで役に立たないとか云われて、カチンときたものよ」

「うん。カチンと、きたきた」

「で、当時、番頭をしていた兄が門番みたいに正面口で待ち構えて、追い払ったりしてね。でも、ヤツは正面口から来るし、それってお客さんの目に入らないわけないから、あまり強い姿勢もとれないでしょ」

「営業妨害だったわよね」

「ほんと、質が悪かった」

「でも、赤ちゃん男、あるときから来なくなったのよ」

しかし、敵はあきらめたわけではなかった。仲居の美土里《みどり》を籠絡《ろうらく》して、清三を説得させようと企《たくら》んだという。

「でも、そんなの成功するわけないわよ。おとうさんにとって、唐屋は何にも代えがたいものだもの。それに比べたら、愛人なんて、些末《さまつ》な存在なの。実の子であるわたしたちでさえ、まったく大事にされなかったもん。愛人なんて、いくらでも取り換え可能な消耗品みたいなもんだったのよ」

「ええええ……」

話すうちに姉妹の表情に厳しさが増すので、殿たちはたじろいだ。

「でも、結果的には赤ちゃん男は道化師みたいなヤツだったのよね」

「道化とは？」

「赤ちゃん男は美土里さんをたぶらかすつもりが、本気になっちゃったらしいのね。で、二人で駆け落ちしちゃったの」

話が急展開して一同が身を乗り出していると、殿が急にもじもじし出した。

「スイカの食べ過ぎで、おしっこがしたくなった」

登天さんは「はしたないのです」と叱ったけど、三姉妹はトイレの場所を丁寧に説明した。

「一度玄関の間まで出てから、屛風《びょうぶ》の後ろの廊下を真っすぐ進んで、突き当りを右に折れて――」

「ややこしいなあ。たどり着く前にもれちゃいそうだぜ」

「もらす前に、さっさとお行き！」

殿が暗い廊下の先に消えても、話は続く。

「駆け落ちしたということは、二人同時に居なくなったというわけなのですね？　でも、たまたま同じときに居なくなったというだけでは？」

「ううん。美土里さんの書き置きがあったの。さすがにこっちに義理立てしたんじゃない？　一切合切が書いてあったわ」

あの男は、唐屋への営業のために自分に近づいて来た。美土里自身もそれに気付かないではなかったが、たがいにだんだんと離れがたい気持ちを抱くようになってしまった。二人でどこかに行ってしまおう、手を取り合ってまったく新しい生活を始めよう。そんなことをどちらからともなく口に出して、もはやそれ以外の選択肢はなくなった。そういうことなので、これまでの温情をあだで返すようで忍びないが、今日を最後にお暇《いとま》をいただくことにします——。

「って内容だったわね」

「ほら、これこれ」

元は煎餅が入っていたらしい、水屋の上に置いたブリキ缶を持ってくる。中には古い書簡や書類などが収められていたが、底から一通の手紙を取り出した。スヌーピーのレターセットに、漫画じみた可愛い筆跡で今しがた姉妹が云ったような顚末《てんまつ》が綴られてあった。

「これを置いて、二人は行方をくらましたのですね」

登天さんが頷いたとき、殿が戻ってくる。蠅《はえ》取り紙に烏帽子がくっ付いて往生したとか、小便器が龍安寺《りょうあんじ》の塀を思い起こさせたとか云いながら、一通の封書を差し出した。

「ほれ。玄関に届いてたから、持って来たぜ」

宛名は姉妹たちの兄になっている。裏返して差出人の名を見て、三人は首を傾げた。

「知らない人だわよ」

「おとうさんが亡くなったって聞いて、お悔やみでも書いてきたのかしら」

怪訝そうにつぶやきながら、頭を突き合わせて中を開いた三人だが、出し抜けにその顔色が全員同じように紅潮してからすぐに青ざめた。

「大変！　兄さん――兄さん」

長女が手紙を振りかざして、座敷《ざしき》の方に駆け出す。妹二人も血相を変えて、後に続いた。

残された殿と登天さんは、三姉妹が消えたうす暗い廊下をきょとんと見つめる。食べ残したスイカに、蠅が飛んで来た。

＊

「ありていに申せば、わたしはあの三人姉妹に殺されたわけです」

満月の白い光が降り注ぐ唐針駅のベンチに、殿と登天さんは童顔の男を挟んで腰かけてる。夜風は暑かったが、ときおり細いリボンのような冷気が頬を撫でた。彷徨う霊魂が近くに居るときは、よくこんな細く冷たい風が流れるものだ。

「大方は三人が云ったとおりですが、美土里の書き置きは彼女たちの捏造《ねつぞう》です。美土里もわたしと一緒に、斧で一撃、たちまちこと切れたわけです。黒チタンメッキの斧で――」

赤ちゃん男は、まるで何でもないことのように云った。

「殺害動機は、申すまでもありますまい。唐屋を観光ホテルにするなどと罰当たりな提案をしたわたしに――しかもしつこく食い下がったわたしに、三姉妹は制裁を下したのですな」

赤ちゃん男は、髭《ひげ》などない色白でぷるぷるした肌の持ち主で、双眸は黒目がちで可愛らしく、まったく赤ん坊か文化人形のような面相をしていた。着衣はこんな季節なのに毛織《けおり》のスーツで、革靴には少しだけ泥が付いている。

「あの三人は、まことに大したもので、清三氏の忠実な兵隊だったわけです」

「兵隊……」

殿と登天さんは、臆したような声で異口同音に呟いた。

「でも結局、三人の兄上が、事業を観光ホテルに替えてしまいました。つまり、あなたの提案を実現させてしまいましたが――」

「そうだよ。兄貴の方は、無事でいるじゃねぇか」

「だって、まさか身内まで制裁するわけにはいかんでしょう。いや、あの人たちとて、高級旅館のままでは立ちいかぬと気付いてはいたわけです。それを最初に云い出したわたしは、さしずめ生贄ですよ」

「生贄、ですかい」

かつて孫太郎虫の行商人として唐屋に宿を取り、そのまま治水工事の人柱にされた殿は、低い声で繰り返した。

「さよう。云いだしっぺをやっつけたことで、現実と折り合いが付き、後継ぎの長男氏がいよいよ観光ホテル化を実現させても、それを許すことが出来たのでしょう。わたしたちを殺したというショックは当然ながら大変なものだったわけでしょうし、それをよもや長男氏にまで繰り返す気にはなりませんわな」

「はあ」

「美土里が巻き添えを食らってしまったのは、気の毒なことでした。おそらく、わたしの殺害に関しても清三氏からの指図ではなく、姉妹がその気持ちを慮《おもんぱか》ってのことと考えておるわけです。まして、可愛い愛人まで黒チタンメッキの斧でゴッツンとやっちまえなんて、清三氏は申しますまい。逆に、三姉妹にしてみれば父親の愛人なんて不愉快な存在でしょうし、不届きな営業マンといっしょにゴッツンとやってしまえるのは好都合なわけで——」

　赤ちゃん男は、自分の後頭部を撫でている。

「ほら、あそこのサツキの植え込み——ああしてきれいに刈りそろえているのは三姉妹なのですが——あの下に、わたしと美土里は埋まっております」

「そんなぁ」

「駅の前庭なのです。たまに、鉄道ファンなどもここを訪れるでしょうに」

「そうそう。だから、掃除をしたり花を植えたり木を整えたり、三姉妹はせっせと世話を欠かしません」

「だって、ここにはおまえさん方の死体を埋めたってんだろ？」

「だからです。地元ボランティアがせっせと清掃活動している場所に、死体なんか埋まっているとは誰も思わないわけです。外から来た人たちの目をごまかすのにも効果的ですが、近隣の人たちだって唐屋の三姉妹が徹底的にメンテナンスしている場所を、自分も掃除しようとか土を掘り返そうとは思わないわけでしょう？　だって、ここはもはや三姉妹のテリトリーなわけですから」

「はあ……」

「だから、あの三人は大した兵隊、大した策謀家だと申しているのですよ」

「うーむ。そうなのですか」

赤ちゃん男は聞き手が納得するのを見て、満足したように「そんなわけです。ええ、そんなわけです」と唱える。

「そんな三人を相手に、無謀にも恐喝などした者が居て──」

「さっき届いた、手紙の主のことかね」

「さよう、さよう」

赤ちゃん男は、古風な紳士を気取っている。あるいは、古風な名探偵を気取っているのだろうか。

「かつての唐屋の宿泊客で、この廃駅を見物に来たまま失踪してしまった者が居たのを、ご存知か？」

「ああ、自殺志望の？」

「いやいや、あいつはそんな弱っちいタマじゃない。あいつが宿に戻らなかったのはね、ここで三姉妹の恐ろしさをバッチリ目撃しちゃったからなんですよ。あの男は、三姉妹がわたしと美土里をそこの植え込みの下に埋めるのを、見ちゃったわけなんです」

「わ——わけなのですか……」

「そんな恐ろしい場面を目撃したら、宿になんか帰れるもんじゃありませんって」

赤ちゃん男が不動産屋の営業マンとして足しげく唐屋に通い、清三や家族の者たちに追い払われていることは、客たちにも知られていた。なにしろ、赤ちゃん男は図々《ずうずう》しくも賓客然と、正面玄関から出入りしていたのだから。

「そんなわたしが惨殺されたわけですからねぇ」

惨殺を自分ごととして話すのは、奇妙に聞こえた。いくつもの前世の記憶がある殿ならば、「あのときは、惨殺されたっけ」などとよく思い出すのだが。

「おそらく、彼は次のように考えたわけでしょう」

あの童顔の男は、唐屋主人に嫌われている。

そしたら、まったく驚いたことに、三人の娘たちがあの男を殺して埋めてしまった！

なんと恐ろしい親娘《おやこ》どもであろうか。

一方、番頭をしている長男は、これに加担はしていないようだ。

親父が死んだタイミングで、長男を揺さぶってみようか。

「おまえさんの事件をネタに、連中の兄貴——観光ホテルの社長を強請《ゆす》ったと？」

「さっきの手紙で？」

「そうなんでしょうな。無謀なことをするもんです。だから、あんな目に遭うわけだ」

赤ちゃん男が手振りで指した先、サツキの植え込みの辺りで、月光の作る影がゆさゆさと躍っていた。小柄な三人が、しょぼくれて姿勢の悪い一人を取り囲み、斧を振り下ろす。

――ゴッツン。

ずっと物音ひとつしなかったのに、斧が獲物を倒す鈍い音だけが、大きく響き渡った。

「今度は、紫陽花《あじさい》の下などに埋めてほしいな。サツキの植え込みの方は、もう六人も居るもので」

赤ちゃん男が、さもうんざりしたように云った。

いやな寒気がして周囲を見渡すと、それまで目には見えていなかった人たちが、ゆらりゆらりと海草のような動きで風に揺られながら、三姉妹の新たな犯行を見物していた。

第九話　黒白

郵便配達員は平安貴族の風采だった。

悪渡《あくと》はマジかよと思い、ウケるーと思い、てかおれってマジでボキャ貧だわと思った。――実際の悪渡はビジネススーツの似合うごく誠実そうな男で、「マジかよ」だの「ウケるー」などと軽薄な言葉を発するタイプには見えない。

悪渡は外見とちがって邪悪な男であり、ひとたび口を開くと感じの悪さは隠しようもなかった。感じが悪いから、問題に直面したりすると「マジかよ」だの「ウケる」だのと大上段に構えて、相手を威圧しようと試みるのだ。

でも、敵と直接に対峙《たいじ》していないシチュエーションでは、それは負け犬の遠吠えというものである。悪渡が「マジかよ」「ウケる」と嚙みついた相手は、一通の手紙だった。差出人は《宇宙バランス医学協会》と記してあった。……これは、やはり笑うところかもしれない……。

［警告］

あなたさまの肉体には別人の魂が宿っていらっしゃいます。

放置すると、魂または肉体に支障を生じ、最終的には魂または肉体が消滅なさります。

肉体の消滅とは、文字通りあなたさまの体が「蒸発」するわけです。これは俗にいう「蒸発＝家出」というのではなく、おそらくあなたさまの体は氷のように消えてなくなるでしょう。

かたや、魂の方が消滅した場合は、昔から物語や慣用句にされているような、悪魔に魂を売ったのと同じ状態になられます。ようするに、それより悪いことがないくらい悪い状態に陥る、ということである。

どっちにしても、あなたさまの魂を宿す人間もかなりダメージを受けてますんで、ほどなくあなたさまと同様に朽ち果てることにならしゃるでしょう。

［ご注意事項］

混ぜるな、危険！

あなたさまの魂を宿す人と直接会うのは、厳禁至極です。

復元欲求による過剰反応で、予期しないトラブルが発生する可能性があり、きわめて危険だからです。

［魂の入れちがいについて］

このたびのあなたさまが遭われたトラブルは、決して珍しいものではございませんし、新しいものでもございません。古《いにしえ》の小説である『とりかへばや物語』もまた、同様の素材を扱うものでした。あれは作り話ですが、実際の《入れちがい》現象に取材したものとも考えられます。

魂が入れちがい中の方は、自分らしくないこと（魂が求めること）をすると……アレルギー反応により蕁麻疹《じんましん》が出ます。お気の毒に、重篤な症状になり、死に至る場合もあります。

だが、心配ご無用！

それらの症状が出た患者は、宇宙バランス医学協会に至急連絡乞う。

適切な治療を受けて、本来のあなたさまにもどりましょう！

カム　オン！

「なんすか、これ」

郵便配達員の目の前で手紙の封を切って読んだのは、われながら奇妙なことだった。そんなことをする人間は、めったに居ない。あるいは、悪渡は確かにおのれの身に起きている異変を、意識のどこかで察知していた。だからこそ、一分一秒を惜しんで読まずにはいられなかった――のだろうか。

などと云う細かい問題は、手紙の内容の変ちくりんさのせいで、すぐに忘れてしまった。

「日本語が、めちゃくちゃ変だ」

ボキャブラリーが足りないなどと云うレベルではなく、全くふざけている。

ふざけているのに、面白くない。そもそも、内容が意味不明だ。

常識とユーモアを共有できない外国の不審者が、わざわざ悪渡宛にこんなふざけたものを送り付けて来たのだろうか。あるいは、悪渡に恨みを持つ者からの新手のいやがらせか。

「気の毒だが、そうじゃないね」

平安貴族の郵便配達員は、平素な口調で云った。

「日本語が変なのは、翻訳ソフトが古いからさ」

「やっぱ、怪しい国の怪しいヤツらがよこしたってわけすか？」

だとしたら、その国際的な怪しい人間に、こちらの宛名や住所番地を知られているということになる。気持ちが悪いことだ。

悪渡はときたま思うのだ――。

彼自身は実に腹黒い男だ。邪悪と云ってもいいほどである。でも、今のところ犯罪に手を染めることなく、そこそこ真面目に生きている。悪渡のように腹黒い者でさえ犯罪者ではないのだ。だったら、実際に犯罪を行っている連中は、どれだけ悪辣なのだろう。

おのれの考えに没頭していると、郵便配達員は「うーん」と唸った。その「うーん」に、悪渡は自分への同情のようなものを聞き取った。

「それをよこしたのは、ある意味で人間ではないかも知れない。しかし、宇宙バランス医学協会ってのはれっきとした機関だよ」

「人間ではないって？」

訊き返したが、郵便配達員は「梅は咲いたか、桜はまだかいな」なんて、江戸時代の遊び人みたいな歌を口ずさむ。

（なんなんだよ）

手紙をよこしたヤツも変なら、この郵便配達員までふざけている。

（ちきしょう）

こんなときに冷静でいるためには、空想でうっぷん晴らしをするしかない。

悪渡は反射的に、独裁者になった自分を思い浮かべた。独裁者になったら、こういうふざけた連中を反逆罪で一網打尽にし、さんざん拷問を加えた後で処刑してやるんだ！

少しだけ気が晴れたから、スマートフォンを取り出す。宇宙バランス医学協会とやらに電話をかけた。番号からすると東京に支所があるみたいだが、こんなバカげたことでわざわざ東京まで出向く気などさらさらない。

――いつも宇宙バランス医学協会をご利用いただきありがとうございます。

――この通話は、お客さまのお話の内容確認と、電話対応品質向上のために録音させていただいております。

――ガイダンスに沿って、番号を押してください。

この手のアナウンスというのは、例外なく癇《かん》に障る。悪渡はイライラと聞き、イライラと待った。それにしても、最初からわけがわからないので、「その他のお問い合せ」であるところの《4》を押した。

——お待たせいたしました。オペレーターにおつなぎします。

呼び出し音が流れ、通話がつながる。電話の向こうの相手は若い女で、やけに遠いところでしゃべっている感じがした。

——恐れ入りますが本人確認のため、お客さまの大切な情報をお尋ねします。

そう乞われて、悪渡は姓名と生年月日と住所を告げる。すると、遠い声のオペレーターはさも同情したように、なおさら声をひそめた。

——悪渡さま、申し訳ございません。宇宙バランス医学協会は、民営化による効率促進の一環として、昨年末をもちまして東京支所を閉鎖しております。ご用の方は、最寄りの支所までお越しいただきますよう、お願いいたします。

「それ、どこ？」

悪渡はつっけんどんに訊いた。東京であっても、実際に出向く気はゼロなのだ。あんなふざけた話を真に受けて、わざわざ新幹線に乗って出かける阿呆《あほう》が居るとしたら、ここに連れて来てみやがれ、と思う。その東京より遠い場所といったら、大阪か？　はたまた北京《ペキン》とか、ワシントンとか？　アブダビとか？

——悪渡さまのお住まいの場所から最寄りの支所となりますと、プロキシマ星系第四首都、タンジェント市庁舎六階になります。

「は?」

――ですから、地球を出ましてケンタウルス座の方面に、約四・二光年にありますプロキシマ・ケンタウリという恒星系の――。

「あんた、頭、大丈夫?」

――ですから、地球を出まして――。

悪渡は通話を切り、目玉をグルンと回して玄関の天井を見てから、どうにも感情の収め場所が見つからずに平安貴族の郵便配達員の顔を見た。

「変なヤツばっかで、疲れますよね、最近」

「変な輩《やから》が横行しているってのは否定しねぇが、おまえさんが今話した相手は、宇宙的に信用のおける宇宙バランス医学協会なんだぜ。まあ、聞きねぃ。民営化後の赤字支所の撤収ってのは、世の常だ。郵便ポストの撤去とか、赤字ローカル線の廃止なんかと一緒じゃねぇか」

「知らねぇよ!」

「それが現実なんだよ!」

郵便配達員は、ふてくされる悪渡に負けず感じ悪く吠《ほ》える。

「ここじゃ宇宙バランス医学協会なんてだれも知らねぇから、患者なんか行きゃしない。採算がとれないとなると、隣の星の支所と合併するのも仕方あるめぇ」

「隣の星って、なんだよ。アニメかよ」

「だれもアニメの話なんざ、してねぇんだよ。こちとら、おまえさんの身を案じてだなぁ」

「まあ、まあ、そう興奮しないで——」

どうも、この平安オヤジは短気なようだ。キレられたら面倒だから、悪渡らしくもない紳士的な態度で相手の興奮をいさめようとした。

そのとき、全身に刺すようなかゆさを感じた。

(また蕁麻疹か)

悪渡はうんざりした。このところ、なにかと云うと蕁麻疹が出るのだ。あまりにひどいので、病院に行きさえした。でも、何の異常もないと告げられた。こんなにかゆいのに、異常がないなんて云われても納得できるわけがない。

——異常があった方がいいですか？

若い女性の皮膚科医が、あざけるように云った。真意はわからないが、医者の言葉とも思えない意地の悪さである。

——何云ってんだ、このブス。

腹立ちまぎれに怒鳴ったら、不思議と治まった。

もっとひどい発作に襲われたのは、病院の帰りにまっすぐ客先に出向いたときだ。

蕁麻疹の発作などとは奇妙な感じがするが、悪渡のかゆみのパターンはさまざまなのである。まさに発作のように突発的にかゆくなったり、じわじわと関節の内側辺りが赤く膨れてきたりする。

医者に意地悪を云われた後で向かった先のお客は、あの女の医者に輪をかけた無礼者であった。独裁者のような居丈高さで契約済みの費用を値切り出し、出来ないと説明したらひどく高圧的な態度で悪渡を罵倒し出した。

これに耐えようとしたとたん、かつて経験したことがないほどのかゆみに襲われた。おかげで辛抱とか分別は消滅してしまい、罵倒を罵倒で返したら、その瞬間にかゆさが消えた。おかげで、目下失業中である。

「おまえさんを苦しめている症状は、ここに書いてることと矛盾しないぜ」

郵便配達員は、手紙を指した。

「おまえさんの中に宿る魂は別の人間の魂で、そいつは善良で温和なヤツなんだよ」

「はあ？」

「だが、おまえさんは性悪な人間だ」

「なんだと？」

悪渡は食ってかかるが、相手は平然と話を続ける。

「性悪なおまえさんが、ときとして魂に操られて温厚で善良な言動をしちまう。すると、おまえさんの肉体はアレルギーを起こして蕁麻疹が出ちまうんだよ。だが、問題はそれで終わんねぇのさ」

郵便配達員は悪渡の手から宇宙バランス医学協会の手紙を取り上げ、問題の箇所をパン、パンと叩いた。

「ほれ、ここだよ。『放置すると、魂または肉体に支障を生じ、最終的には魂または肉体が消滅なさります』。つまり、おまえさんは今、のっぴきならねえ状態にあるってわけなんだ」

「どういうことだ？」

悪渡の声から邪険な響きがうすれ、子どものように素直な顔つきになる。だが、それがいけなかった。

「――うわあ」

悪渡は絶叫し、「かゆい、かゆい」と騒ぎ出した。子どものような素直さが、性悪の本性と衝突したというわけか。

「おい、この野郎」

世界中の人間が、このかゆさを味わえ！

本気でそう呪ったら、それが悪渡らしかったので、少しだけラクになる。しかし、次の瞬間には絶望に襲われた。

「じゃあ、おれが──もしも──」

「なんだい？」

「良い人間になろうなんて考えたら、全身が蕁麻疹だらけになって、かゆすぎて死ぬのか？　それとも、そこに書かれてるみたいにおれそのものが消えてしまうのかよ──」

しおらしくしたせいで、症状が一気に悪化したようだ。呆気にとられる郵便配達員の前で、悪渡はあえなく失神してしまった。

＊

「その後、悪渡さんはどうなったのですか？」

「救急病院に運んだら、やはりアレルギーだろうってさ。しかしアレルゲンが何なのかはわからねぇって。そのうちに正気にもどったから、あらためて精密検査をするって云われて解放された。こっちは、魂の入れちがいが原因ですとも云えねぇし、何ともどかしかったね」

「症状が治まったということは、悪渡さんはさぞや悪態をついたり暴れたりしたのでしょうね」

登天さんが指摘すると、いわずもがなの意味で、殿は人差し指でぽりぽりと頰を掻いた。

「もう一方のヤツはどうしてる？」

「美好《みよし》さんは、温厚で善良な人物だから、扱いやすいのです。でも、ときどきゾッとするような冷酷で邪悪なところがあり、それには当人も困惑しているのです」

美好というのは、悪渡の魂を持つ男である。

つまり、美好には悪渡の邪悪な魂が入り込んでいて、ときたま本性に反して邪悪な行動をとってしまう。すると、やはりアレルギー反応を起こすのだ。

「ただ、美好さんは理性的な人物なので、本能のおもむくまま――つまり魂に支配されて、可怪《おか》しなことをすることは滅多にありません」

それでもついつい邪悪な行いをした場合、やはりアレルギーで蕁麻疹が出る。

「症状は、悪渡さんに比べたら軽いようなのです」

「だからって油断してると、あるとき突然、魂か肉体が《蒸発》しちまう。よけいに、ヤバイじゃねぇか」

「二人とも、宇宙バランス医学協会で、しかるべき治療を受ければすぐに治るのですが……」

「そんな四光年も離れた宇宙の果てになど、行けるかい」

「四・二光年。宇宙の果てではなく、一番近い恒星なのです」

登天さんは物慣れた口ぶりで云うが、もちろんそれがどのくらいの距離で、どうしたら行けるかなどとんと知らない。

「しかし、変てこな病気もあるもんだ」

こちとら平安時代の歌人、宇宙の話など真っ平ゴメンだ。それで意識的に話を逸らしたが、登天さんも深追いはしない。

「昔からあったはずなのです。おそらく、離魂病の一種でしょう」

離魂病とは夢遊病のことともされるが、別の意味もある。魂が肉体から離れて別の場所に現れる現象である。それと知らぬ者は、ドッペルゲンガー（分身）を見たと云って驚く。また、離魂病にかかった患者が、おのれの分身と相まみえると、ほどなく死んでしまうのだとか。

「意味は異なるでしょうが、自分の魂を宿す者に会うのは危険——というくだりと関連がありそうなのです」

「そりゃあ、自分と同じ姿形の人間を見たら、胆も潰れらぁ。気の弱いヤツなら、おっ死《ち》んじまうかも知んねぇさ。しかし、悪渡と美好は見るからに全くの別人だ。会って驚くこたぁなかろうよ」

「この場合、外見よりも魂が宿る肉体があべこべだ、ということが問題なのです。物質が反対の電荷を持つ反物質と相まみえると、巨大なエネルギーを放出しながら大爆発を——」

「ああ、やだやだ。めんどくせぇ、めんどくせぇ」

殿はぶ厚いてのひらを、ばたばた振った。

「どうせ、この地上の誰一人、宇宙バランス医学協会になんざ行けやしないんだ。悪渡と美好をサクサクッと会わせちまったら、どうかねぇ」

「そんな、乱暴な——」

登天さんは、美好宛の手紙を扇子のように使って、顔を隠した。

悪渡は今、銀行強盗を画策している。

これまでは、職場の連中に「悪渡さんは性悪だ」と嫌われ恐れられながらも会社勤めをしてきたが、例の手紙で「悪」のお墨付きをもらって逆に自信が付いた。宇宙バランス医学協会とやらを信じたわけではなくても、自分が「悪」だと云う点では納得がいった。

*

悪人ならば、犯罪者に転向するべき。

そう結論付けたら、胸がスッとした。全身の皮膚の奥底にあったかゆささえ消えた。計画を練っていると、蕁麻疹はナリをひそめているのだ。

「自分らしく生きるというのは、晴れ晴れする」

悪渡が仲間に選んだのは、銀行勤務の経験があるという男と、そして殿である。

襲う先は、広い住宅地にぽつねんとある小さな支店。元は畑地だった土地を宅地分譲した比較的新しい街で、若いマイカー族ばかり住んでいるので、公共交通機関が未発達なうえ、商業施設は遠く、交番もない。

「交番がない！」

悪渡と元銀行員はほくそ笑んだ。

元銀行員とは、最近、立ち飲み屋で知り合った。なんだか摑みどころのない男だが、馬が合った。――いや、なにかと悪渡を気遣って話を合わせてくれているようなのだ。どうやら、悪渡のことを気に入って取り入っているつもりらしい。

自分のような悪人に取り入るとは、阿呆なヤツだと思った。しかし、銀行のことを知っている者と組めば百人力である。……その点はまあいいとしても、どうしてあの変な手紙を運んで来た、コスプレの中年男を仲間に加えようと思ったのか。

「いいじゃんか」

実は、悪渡自身も理由がわかっていない。元銀行員は調子を合わせて「それも、いいじゃないか」と云うから問題は生じない。

「よろしい。しばらく、ひっ付かせてもらうぜ」

殿は、目出し帽をかぶった上から烏帽子を頭に載せた。

悪渡たちの悪事の計画は、奇《く》しくも『狼たちの午後』という映画の設定とそっくりだった。

三人組の強盗が小さな銀行を襲うのだが、三人のうち一人は早々に逃げ出し、残る二人による犯行は失敗してしまい、物語は活劇から悲喜劇へと変わってゆく。

映画の主人公ソニーは元銀行員で、そんなところまで似ていた。ちがうのは、悪渡ではなく相棒が元銀行員だという点くらいだ。

この皮肉な合致をなぞるとすると、殿の役柄は早くに逃げ出す裏切り者といったところである。もっとも、悪渡も元銀行員もそんな古い映画のことは知らないらしく、殿が元銀行員に向かって「やはり、おまえさんの方がソニーなのかね」と訊いたら、元銀行員は「ぼくのはiPhoneです」と云ってスマートフォンを取り出して見せた。

(映画の筋でいったら、おまえさんは射殺されちまうんだぜ)

殿が意味もなく微笑んで見せると、元銀行員もにここと笑い返してきた。

(この国じゃあ、そんな荒事はめったに起こりゃしないだろうが)

一方の悪渡は、実に活き活きしていた。

真面目な社会人として猫かぶりする必要もなく、邪悪な本性を解放できて快適なのだ。元銀行員の方は悪渡に輪を掛けた悪党なのか、それとも無類の頓馬《とんま》なのか、真面目な勤め人みたいな態度で、せっせと悪渡を手伝っている。

＊

定食屋の奥のテーブルで、美好は二皿目の炒飯《チャーハン》を平らげて、三皿目を引き寄せた。

皿の横には宇宙バランス医学協会から美好に宛てた書簡が広げられ、その内容は悪渡が「マジかよ」「ウケる」とコメントしたものと同じである。

悪渡と正反対で、美好は善良な性質だが、外見はむさくるしい青年だった。無精で伸ばした髪の毛が背中まで達し、襟ぐりの伸びたTシャツを着て、ファッションではなく古びているせいでジーンズには穴が開いていた。

こんな風采に反して、美好の顔立ちは西洋の宗教画の聖人を思わせる。聖人のように澄んだ暗い目で三皿目の炒飯の山を見つめ、陶製のレンゲでその山を崩した。

「なるほど」

宇宙バランス医学協会からの警告文を読み終えた美好は、憂いを帯びた目を登天さんに向ける。登天さんは手酌でお猪口《ちょこ》を傾けていたが、意外そうに相手の顔を見つめた。

「驚いたり、笑ったりしないのですか？　馬鹿にしたり、怒ったりしないのですか？」

その問いには答えず、美好は「こんなにおいしいものを食べて、こんなに満腹になるなんて、何年ぶりかなぁ」と云った。聖人のような顔に、七福神のような微笑みが浮かぶ。登天さんは反射的に手を合わせたくなった。

「わたしは、カレル・チャペックが好きなのですが」

唐突に、第二次大戦が起こる前年に亡くなったチェコスロバキアの劇作家の名を、美好は口にした。

「故郷のあちこちを巡ったエッセーの中で、彼はある貧しい街に住む人たちのために、おのれの内臓を吐き出すみたいに、彼らへの救済を訴えています」

「内臓を吐き出すみたいに、なのですか？」

「ええ、そうです」

美好は龍の模様がすり減った中華皿を、悲し気に見つめる。

「──わたしは自分で書けること以上のものを見てきて、貧困の問題があまりにもわたしをぞっとさせたので、費用の問題を考えられないほどだった──」

「…………」

「──わたしにはわからない、実際にわからない、どう解決すべきなのか。どうぞみなさん、わたしが考えるのを助けていただきたい──」

「…………」

「──悲しいかな、人類は、なんとあわれな存在であろうか、そのもっとも身近な、もっとも切実な課題さえ果たせないとは！──」

「…………」

「内臓を吐き出すみたいにと今わたしは云いましたが、チャペックが吐き出したのは魂だったのかもしれません。彼の戯曲に満ちる諦念を感じ取るたび、わたしはいつもホッとします。家に帰ってお茶を飲んで息をついたときみたいに、安心するんです。彼は善人だったと思います」

美好は、また宇宙バランス医学協会からの手紙を眺めた。

美好がチャペックに関して云いたいのは「報われるべき善人」ということだ。そう感じ取って、しかし登天さんは黙ってお猪口を傾ける。

「チャペックは、風邪をこじらせて四十八歳で死んでしまいました。チャペックの本に楽しげな挿絵《さしえ》を描いた兄のヨゼフは、ナチスの収容所で亡くなりました。チャペックも病死していなかったら、同じような死に方をしたかもしれません」

「…………」

「この世には、因果応報というシステムはない。悪は悪としてあり、善は善としてある。それだけ」

「そうですか」

「善を行うには、エネルギーが必要だ。しかも、善良さや善行は、決して自分に返ってなどこないんです。チャペック兄弟みたいに正しい人たちも、報われずに無念のうちに死んじゃうんです。馬鹿くさい話ですよね」

美好は汗じみた袖をめくって二の腕を掻いた。爪痕に沿って赤い腫れが生じている。千年ぐらい昔、登天さんの愛娘《まなむすめ》が干し魚に中《あた》って蕁麻疹が出た。そのときの腫れ方とそっくりだ。

美好は顔付ばかりは変わらず落ち着いていたが、よほどかゆいらしく、爪で乱暴にかきむしった。そして、掻いて治まる類のかゆさではない、と呟く。

「こうして蕁麻疹が出るということは、わたしが今、本性に合わないことを思いついたからでしょう」

「邪悪なたくらみが浮かんだということなのですね？」

その問いには答えず、美好は残った炒飯をぱくぱく食べる。

「今のわたしとその人は、魂が体に反発し、体もまた魂に反発している。それなのに、悪渡という人は、好いことを考えたときだけ蕁麻疹が出ているんですね。でも、それはまやかしですよ」

三皿目の最後の一粒まで平らげると、美好はゆらりと顔を上げて、登天さんを見据えた。頬にご飯粒が付いていたにもかかわらず、彼は今まで以上に聖人じみた神々しさと悲壮さをまとっている。

「彼が本性に合わせて悪行に奔《はし》れば、彼に内在されたわたしの魂が暴れ出す。そうなったら、もっと深刻なダメージが彼を襲うはずです。魂は肉体よりパワフルだ」

「そ――そうなのですか？」

相手の威厳と冷徹さに気圧《けお》されて、登天さんは珍しくたじろいだ。それを見つめる美好の双眸が、カッと見開かれる。四白眼が、狂気じみて笑った。

「ああ、善人をなめんなよ」

こんな乱暴な言葉を吐いたのは、美好の内部に宿る悪渡の悪辣な魂のせいだったのだろうが、よくよく考えると悪人の悪渡に対して云ったわけである。

さりとて聖人然とした美好に似合わない不良みたいな物言いだったから、登天さんは吃驚した。

吃驚している間に美好は椅子を蹴って立ち上がると、大変な勢いで外に弁り出た。

＊

千年生きている登天さんは、不老不死なのではない。不死だが、老いている。千年に相当するほどの老い方ではないが、およそ九十歳ほどには老いて見える。

だから、美好を追いかけるのには骨が折れた。

炒飯を食べているときの美好は、あまり活動的なタイプには見えなかった。仕事もせずに四六時中家にこもって漫画を読むかゲームをしているタイプの人間に見えた。外出は近くのコンビニに行くくらいで、運動らしいことは一秒もしないタイプ。

実際、美好の日常はそんな感じだったが、いざ駆けだすとまるで長距離走者のようにスタミナがあった。筋肉の乏しそうな細長い脚で、草食動物のごとく駆けるのだ。

九十歳の体力しか持たない登天さんとしては、大変な目に遭った。

そもそも、犯罪でもテレビのドラマでもなしに、市街地で大人は走らない。

だから通行人たちは、これは犯罪にちがいないと早合点《はやがてん》した。撮影クルーが見えないからだ。ドラマでなければ、犯罪。簡単な推理である。あの長髪の若い男が、老人の財布でもひったくって逃げているのだと、ストーリーまで組み立てる者もいた。

それで、登天さんの後ろから、少なからぬ人数が追いかけて来た。

犯人と思しき長髪の男を捕えようとする者、インパクトのある瞬間をインターネットにアップロードしようとカメラを構える者、そうした一行はちょっとしたパレードの様相を呈する。

＊

銀行強盗の一味が目出し帽をかぶり、銀行に押し入ろうとした刹那のこと。

大通りの方から喧噪《けんそう》が聞こえてきた。

この辺りは延々と続く住宅街で、祭りもなければ救急車も広報車も、移動販売車ですらめったに来ない。常に閑静なのである。

そこに怒号交じりの群衆が列を成して走って来るのだから、悪渡たちはいやでもそちらを見やることになる。すでに警察車両まで出て、行列を追いかけて来た。

一同は、何事かと身を硬くする。一同とは、今にも銀行強盗を働こうとする三人――悪渡と元銀行員と殿である。

行列の先頭はニートっぽい男だったが、荒野で苦行する聖人のような気配をまとってもいた。すぐ後ろから、とても小柄な老人が走って来た。九十歳ほどに見える。卒寿の高齢者が、この一行のトップ集団に居るとは驚異的な体力ではある。事情を知らないまま、憶測のもとに二人を追い掛けて来たのは、どれも体力に自信のありそうな壮年の男たちで、後ろから赤色灯を灯した警察車両まで二台ついて来る。

驚いたことに、一行は悪渡たちを見つけると足を止めた。

つまり、先頭の長髪男が止まったのである。

銀行の正面口、手すりの付いた三段の階段をのぼろうとしていた悪渡は、美好の姿を認め、魂を奪われたみたいに茫然とした。

相手も同様、まるで魂を奪われたみたいに茫然と悪渡を見つめている。元銀行員はどこに行ったのか、姿が見えない。

ひったくり被害者だと勝手に皆が決め込んでいた老人が眼光するどく二人を見守るので、追走して来た者たちも立ち尽くすよりない。

最後尾に停まった警察車両から警官が出てきた。彼らは仕事で来ているわけだから、この不可解な連中を調べる必要があった。だから、ほかの皆とちがって態度がきびきびしていた。

もう一人、機敏に走り出た者が居る。銀行強盗の一人——逃げたはずの元銀行員だ。

「おまわりさん、こいつ、銀行強盗なんです！」

脱いだ目出し帽を地面にたたきつけ、悪渡を指して元銀行員は叫んだ。

追走の一行が呆気にとられるうちに、今度は殿が姿を消している。小柄ながらも目立つポジションに居た老人もまた、いつの間にかそこには居なくなっていた。

元銀行員の唐突な裏切りに、悪渡は野獣のようにいきり立った。

「てめえ――こん――があ！」

ほとんど聞き取れない怒号を発して、憎い裏切り者に飛びつこうとする。

その瞬間、緑色の煙がボワリと悪渡の鼻と口とから立ち上った。

同じものが、美好の鼻と口からも出た。

一同は度肝を抜かれたけど、続いて起こったハプニングで混乱の極みに陥る。

三段しかない階段で足を滑らせた悪渡が、変な具合に身を捩《よじ》らせて倒れたのだ。

緑色の煙が、間欠泉のごとく吹き上がる。

高い金属音が鳴り渡った。倒れたはずみで、悪渡が金属の手すりで頭部を強打したのである。

一同は「わあわあ」と頻《しき》りに騒ぎ立てたものの、だれも動くことはできなかった。

悪渡に襲われかけた元銀行員でさえ、警察官の後ろで硬直している。

その間に、悪渡の鼻や口からは緑色の煙に変わって鮮血が流れ出した。

「死んでるぞ！」

とだれかが大声で云った。

元銀行員が甲高い悲鳴を上げて泣き出した。

倒れた悪渡の顔は、ひどく驚いたような表情をしていた。

第十話　よしなしごと

鼎《かなえ》の中に手紙はなく、煙を上げているのはサンマである。

香ばしい匂いの中で、登天さんはおろし金を使って大根をすりおろしている。烏帽子にコスモスの花を挿した殿が、端唄を歌いながら近づいて来た。

「梅は咲いたか、桜はまだかいな」

煙を上げる鼎の横に陣取ると、登天さんが焼けたサンマを差し出した。大根おろしと半分に割ったスダチが添えられている。殿はアニメのキャラクターが描かれた樹脂の箸を持ちあげて、醤油さしをよこせと手振りで示した。狩衣の袖から、ふわりと香の匂いがする。

「あそこで悪渡が死んでしまったのにゃ、まったく驚いたね」

美好を追う登天さんを見て、ひったくり事件だと早合点した者たちが大行列で住宅街を駆け抜けたあの日、悪人の悪渡は死んでしまった。たった三段の階段から落ちて、金属の手すりで頭を打って即死した。

折も折、悪渡はその階段のある銀行に押し入ろうとしていた。共犯が二人いたが、一人はどさくさに紛れて逃亡、残りの一人は別件で現れた警官の前で悪渡を告発したのだ。

「元銀行員の彼、あの行動はまったく不可解なのです」

「理由を知りゃ、さほど不可解でもないわさ。なにせ悪渡は悪人だ、あちこちで恨まれるようなことをしてやがった」

元銀行員は、行員時代に悪渡のせいで横領の疑いをかけられた。結局は無実だったものの、居辛《いづら》くなって銀行を退職してしまった。

「当時、その銀行は悪渡が勤めていた会社と取り引きがあったんだとさ。詳しいいきさつは知らないが、横領騒動には悪渡がかかわっていたらしいよ。悪渡という男は、わしの前ではただのキレ易い頓馬に見えたものだが、本性はなかなかどうして、筋金入りの性悪だった。あいつのせいで泣きを見た人間は、わんさと居たらしいぜ」

元銀行員は、仕返しのために悪渡をつけねらっていた。あんな悪辣な者が法の裁きを受けないなんて、この世はどうかしている。元銀行員は、何の罪状でもいいから悪渡が被告として裁かれ、罰を受けることを望んだ。ともかくそうじゃなきゃ、肚の虫が治まらない。

「飲み屋で一人で酔っ払っている悪渡に話しかけたのは、ヤツが取引先で暴言を吐いて失業した日だ。そんときの悪渡は、元銀行員のことを全く覚えていなかったそうだよ」

「加害者は自分の罪を忘れると聞きます。それとも、日常的に他人を陥れていたから、被害者たちのことをいちいち覚えていなかったのでしょうか」

「おそらく、その両方だろうね」

その先は、元銀行員にとって首尾よく運んだ。

酔っている悪渡は、銀行強盗をしたいなどと云い出す。そんな悪渡は夢をかたる若者にふさわしく、活き活きして楽しそうだった。

元銀行員は仲間になると約束した。土壇場で裏切ることは、織り込み済みである。ただ、その土壇場は銀行に籠城した後になると、彼は考えていた。

「自分だって共犯者として逮捕されてしまうでしょうに」

「被害者の意識に蓄積されたエネルギーってのは、加害者なんぞと比較にならないほど強いものだよ。仕返しが出来るんなら、逮捕されるのも辞さねぇって意気だったのさ」

殿はサンマを頭からかじって、威勢よく咀嚼《そしやく》した。

「旨《うま》いね。最近はサンマが不漁だと云うから、案じていたが」

「赤井さんと鬼塚さんが、サンマ船に乗り込んで現地から直送してくれているのです」

「ここの連中は、まったく食い意地が張ってやがる。じゃあ、やっこさんらは留守なのかい。どうりで、静かだと思った」

「ところで、今の話——被害者のエネルギーのことですが」

登天さんが話を戻すと、殿は「うむ」と頷く。

「すこぶる剣呑なエネルギーだ。ためとくのは体に悪いが、下手に外に出せば荒事になる。——大根おろしが、やけに辛いなあ」

「本当に荒事になってしまいました」

悪渡と美好が出会ったとき、両者の口と鼻からもれたのはエクトプラズムと呼ばれるものだろう。これによって霊の姿が見えたり、実体化するといわれた《半物質》だ。

心霊主義者が活躍し降霊会が盛んにおこなわれていた時代には、エクトプラズムはさまざまに取りざたされたが、心霊主義や降霊術がはやらなくなると、真面目に研究などされなくなった。そもそも殿たちでさえ、エクトプラズムなるものは戯言の産物だと考えていたのだ。

「この目で実物を見ちゃうとはなぁ」

宇宙バランス医学協会は、魂が入れちがっている悪渡と美好に「会うな」と警告していた。

しかし実際に会ってみると、自動的に、両者の魂は本来の居場所に戻ってしまったらしい。遠路はるばる《プロキシマ星系第四首都のタンジェント市庁舎六階》まで行かずに済んで、とりあえずは経済的だった。

「でもまあ、宇宙バランス医学協会まで行ったンなら、もっと穏便に済んだだろうさ。悪渡がおっ死んじまうようなドタバタも起こらなかったと思うぜ。なにせ、最先端医学による治療をするんだろうし」

三千世界の全ての者と同じく、殿たちもまたプロキシマ星系第四首都のタンジェント市庁舎六階になど行ったことはないが。

「ところで、あのむさくるしい男はどうなったぃ？」

「美好さんは、これまでどおり問題なく暮らしています」

「つまり、ニートと呼ばれる暮らしに戻ったわけか。まったくねぇ、あの騒ぎは何だったんだろう」

「因果応報なのです」

「因果応報だって？」

「美好さんは、因果応報など起こらないと嘆いていたのです。しかし、善良な人が理不尽な目に遭えば、だれもが同情して憤慨します。あまりにひどい場合は、歴史的な記録にも残るのです。斃《たお》れた良き人の生涯には間に合わずとも、美好さんが尊敬する劇作家のように、名声が贈られます。あるいは、子孫からの同情と尊敬を得て尊厳を取り戻せます。反対に、加害者は死後も不特定多数の人たちに嫌われて呪われるのです。これは、充分に因果応報だと思うのです」

「でも、今回のは、そんな大げさな話じゃ――」

「そう、もっと単純です。悪事を好む悪渡さんは、わざとらしいくらいの運命の采配により、罰が当たりました。それで美好さんはホッとして、同時に悪渡氏に同情もしたようです」

「ともあれ、魂は紐《ひも》づけされた人間のもとに戻り、因果応報を目の当たりにして、美好は安心して日常にもどったってわけかい。じゃあ、生活を改めて、職にでも就いてみる気にはなれないのかね」

「それは、また別のこと――」

云いかけた登天さんが「おや？」と意外そうな声を上げる。黄色い花穂をつけたブタクサの群生が揺れて花粉が吹き上がり、殿は盛大にクシャミをした。

「今、悪渡さんを見たように思ったのですが――」

登天さんが口の中でもぐもぐ云ったときに、郵便局の局舎から甲高い悲鳴が上がった。

殿は左手にサンマの皿、右手に箸を持って立ち上がる。

登天郵便局の正面口から、お客たちが血相を変えて逃げ出して来た。

狗山の山頂はこの世とあの世の境目にあり、登天郵便局は事前の事務手続きに加え、向こうに渡る人々のサポートを行っている。無限に広がる花園の手入れも、善行と悪行を記帳した功徳通帳の発行も、窓口に座る青木さんが一人一人に意地悪を云うのも、登天郵便局のサービスの一環だ。

その青木さんの甲高い悲鳴が上がったので、お客たちは震えあがり、殿は正面玄関前に進み出て仁王立ちした。立ち雛《たちびな》のように広げた袖の後ろに隠れて、登天さんが「大変なのです」と細い声で云う。

局舎の中では、逃げ遅れたお客がロビーの隅っこで身を寄せ合い、一人で立ち働いていた青木さんが暴漢と思しき男に囚われていた。カウンター越しにひじで首ったまを捕えられ、ヘッドロックを掛けられているのだ。

その暴漢というのが、悪渡だった。

生前のまま、スマートなビジネススーツを着ている。しかし、スマートなのはそれだけ。かつて趣味よく整えられていた頭は、解剖後の縫合痕が生々しい。それだけでも、別人に見えた。しかし、一番に変わり果てていたのは顔つきである。表情全体が、まるでタガが外れたように凶悪だった。目を見開いているせいで黒目が変に小さく見え、事故死したときのまま鼻や口からエクトプラズムの残滓《ざんし》や、乾いた血糊《ちのり》やらがこびりついて、ひどく恐ろしい面相になっている。

「怨霊なのです」

登天さんが云うと、殿も頷いた。今生での暮らしを無事に卒業した者は、病気も怪我も機嫌の悪さまでも治ってしまうものだ。死んだ後まで体の不調や悪相が残っている者は、怨霊である。昔から怨霊になった者は多いが、彼らは例外なく不幸なのだ。

そんな醜さや痛々しさが残っているうちは、決して来世にはいけない。

「ああなっちゃ、おしまいだよ」

「あんな風にはならないよう、わたしは一日一善を心掛けてた」

「こう云っちゃナンだが、おれは一日十善ぐらいしてたね」

「わたしは遺産の半分を慈善団体に寄付しましたから」

逃げ出して来たお客たちは、まるでここに閻魔《えんま》大王《だいおう》が居るかのように、競って自分たちの生前の善行を語り出した。それが、いささか鬱陶しい。

それより大変なのは人質になった青木さんで、が、恐怖で硬直していた。いつもならば意地悪な言葉が飛び出す口は、まるで酸欠の金魚みたいにぱくぱくと機械的に開閉している。

「おれを、生き返らせやがれ。じゃないと、このパンチパーマ野郎をぶっ殺すぞ。十秒以内に生き返らせないと、必ず殺すからな！」

わめいた後で首を絞めている腕に力を入れるものだから、青木さんは「十秒経ってないわよー」と泣き声を上げた。

「あんなこと云ってるよ、馬鹿だねぇ」

殿は顔をしかめる。

「あんなチョン切れたこと云うくらいだから、本当に青木くんを絞め殺しかねないぜ」

「こ――困るのです。困ったのです」

珍しく登天さんが狼狽《うろた》えるのを見て、殿はため息をついた。

「死ぬ前なら、延命の可能性もあっただろうよ。でも、死んじまったもんには、葬儀と来世あるのみなんだよ」

「殿、そんなこと、わたしに云って、どうするのですか」

「ああ、面倒くさい」

殿は狩衣を風でばたばたさせながら、郵便局の正面口をくぐった。血迷った悪渡は「だれだ」やら「来るな」やらと騒ぎ出す。

「おまえさん、わしのことを覚えていないってのかい？」

殿は場ちがいに憤慨した調子で文句を云った。悪渡はしばし虚を衝《つ》かれたようだが、「てめえなんか、どうでもいいんだよ」とわめいた。何日もそばに引っ付いていた殿を覚えていないとは、これもまた奇妙な話だ。

「恨みが強くて、他のことは忘れているのです」

登天さんが低く云うと、殿は振り返りもせずに「そうかぇ」と頷いた。

「で？　生き返って、どうするね？」

「おれをこんな目に遭わせたヤツらに、復讐をするんだ」

悪渡の云うのは、元銀行員に加えて、美好も勘定に入っているらしい。素性を紹介されないまでも、階段でコケたのは美好の存在に驚いたせいである。魂が入れちがっている相手に直接会うのを禁じた宇宙バランス医学協会の計らいは、こうしたハプニングを防ぐためなのかも知れない。

「しかし復讐だなんて、どの口が云うかなぁ」

殿は小声で呟いた。あの元銀行員をはじめ、生前の悪渡に傷つけられ陥れられた人間は、わんさと居るのだ。たまたまそのうちの一人に仕返しをされたからと云って、仕返しを仕返すなど不毛に過ぎる。もっとも、悪渡は悪事を働いたそばから、被害者のことなどケロリと忘れてしまうようだが。

「おまえさん、せっかく幽霊になったんだろう。このチャンスを利用しない手はなかろう」

殿は微妙に話題をそらした。

「チャンス？　幽霊のどこにチャンスがあるってんだ」

「化けて出ればいいだけの話じゃねぇか」

「…………」

殿の単純な提案に、悪渡は絶望的にうめいた。

「無理なんだよ」

化けて出る、祟るという方法は、とっくに試したとのこと。しかし、相手に少しもダメージを与えられないどころか、気付いてさえもらえなかったらしい。

「おれには、霊感がないんだ。やっぱり、生身の体に戻って復讐するしかないんだよ」

「復讐ってのは、疲れるもんだぜ」

殿はそんなことを云ってみたが、われながら空《むな》しい気がした。

生まれ変わりを繰り返してきたが、どの人生でもはらわたが煮えくり返る経験はしたものだ。転生しても記憶が残るという特異な体質である殿の胸中には、《ブッ殺したかったヤツのリスト》というのがある。

「でも、そういう黒い心持ちを維持するのだって、疲れるんだ。そもそも、人間の本性だって自然の法則に従っている。自然の法則とは、あくまで正義である。人間だって生き物なんだから、正しい方に向かうのだ――ってか、かゆ！」

殿は頰に止まった蚊を勢いよく潰した。

「ウイルスや病原体だって、自然の法則のままに活動しているじゃねえか。連中は連中なりの正義に沿って生きて、天命を果たしているわけなんだよ。しかし、人間の黒い心ってヤツは自然の法則に反しているんだよな」

「復讐するのが、自然の法則に反しているだと？」

「いいや、復讐は貸し借りの帳尻合わせだから、むしろ果たした方が自然なんだよ。しかし、復讐心ってのは黒くて汚い。復讐はいいが、復讐心はいけない」

殿は禅問答のようなことを云った。

「おまえさんが、敵をギッタギタにしてやりたいってのは――そう、そんな黒い気持ちってのはな、本性じゃなくて生きて来た過程で備わっちまったものなのさ」

「どういうことだ」

悪渡は動揺している。そんな悪渡を、殿は意外そうに見つめた。

「まあ、聞きねぇ。おまえさんの邪悪さはな、幼稚さや、愚かさや、てめえ勝手さが原因で、ひとさまより余計に溜まった澱《おり》だのヘドロだの糞《くそ》だの、そんなものなんだ」

「なんだと」

意味はよく理解できなくても、悪しざまに云われていることだけはわかる。悪渡の表情に凶悪さが増し、青木さんの首を絞める腕に力が入った。青木さんは赤くなったり青くなったりして、殿や悪渡に文句を云っている。殿は、そのどちらをも無視した。

「あるいは、おまえさんを育て導いたヤツが、幼稚で愚かでてめえ勝手だったんだろう。だけど、いまさらこんなおためごかしを云われたって、納得なんざ出来るもんじゃねぇだろうが」

殿はそこまで云って「あー、くたびれた」と自分の肩をたたく。それがいかにも焦《じ》れったい様子だったので、悪渡と青木さんは非難がましく殿を睨みつけた。

「ええと、青木くんよ。この男の功徳通帳を発行してやってくんねえか」

「ば――ばかじゃないの、あんた。あたしは、今、こいつにプロレス技をかけられてるのよ。そんなこと、できるわけないじゃないの」

青木さんがキーキー云うので、殿はうるさそうに顔の横で手をばたばたさせる。

「ああ、仕方ねぇ。ああ、面倒くせぇ」

勝手知った様子でカウンターの中に入り込むと、さらに勝手知った様子で鍵を取り出してキャビネットを開けた。輪ゴムでまとめてある通帳の束の中から一冊を取り出して、どこに繋《つな》がっているのか謎の《オンライン端末》という機械にセットする。

「で、どうすんだっけ」

「は――発行ボタンを押すのよ」

手慣れた風に見えたのは態度が大きいせいで、殿はいちいち青木さんに教えをあおぎながら要領悪く作業を続けた。

手順をまちがって使用不能になった通帳を山と積み、ようやく悪渡の《功徳通帳》なるものを機械から取り出す。生まれてから死ぬまでの善行と悪行が事細かに記された通帳で、形状は銀行通帳と似ているが、そんな薄い小さな冊子に一生涯の素行が載っているなど、まさに超常現象だった。内容を見ると、ゴミをポイ捨てしたとか、万引きしたとか、電車で席を譲ったとか、禁煙したとか、部屋に入り込んだトンボを逃がしてやったとか――。

「おまえさんは自分を悪いヤツだと思ってるようだが、それほどじゃあない。見ねい、けっこう良いこともしてやがるぜ」

目の前に、開いた通帳を差し出す。険悪な眼差しをよこした悪渡だが、見ているうちに顔つきが和らいだ。

――道端で婆さんを助けたことがある。雨が降り出したのでアパートまで走るつもりが、同じように濡《ぬ》れて所在なげな婆さんを見て、つい声をかけた。婆さんは傘をさす代わりに、ドーナツの袋を抱えていた。ずいぶんと離れた場所にあるドーナツ屋の袋だ。

――傘を持って出たはずなのに、どうしたのかしら。ドーナツは、わたしが作ったのよ。

――ドーナツは買ったばかりらしい。傘があったのかなかったのかなんて、永久にわかりっこない。婆さんは、いろんなことがわからなくなっていたから、家族の携帯番号を覚えていただけでも僥倖《ぎょうこう》だった。

――婆さんの云う番号に掛けたら、連れ合いの爺さんが出た。婆さんの帰りが遅いので、探しに出ていたらしい。

――申し訳ない。すぐに、そちらに向かいます。

――ほんの気まぐれを起こし、軒下で婆さんと並んで爺さんを待った。婆さんはときたま一人で好物のドーナツを買いに出かけるのだが、今日は思いがけず雨が降り出してパニくったらしい。

――爺さんは、本当にすぐに来た。もみじマークを付けた白い軽自動車が、爺さんの愛車だった。金持ちではなさそうだが、品がある。悪渡は爺さんから過分なお礼の言葉を頂戴することになった。よくしゃべるジジイだなと思った。

――おとうさん、この方、困ってらっしゃるわ。

――元凶の婆さんが、爺さんをたしなめた。まったくどの口が云うかって感じである。二人はもみじマークの軽自動車で去り、悪渡はドーナツを一つもらった。爺さんも婆さんも袋ごとくれると云い出すし……そんな甘ったるいものをもらうなんて有難《ありがた》迷惑《めいわく》で往生した。

「砂糖衣がかかっているヤツを一つで、どうにか勘弁してもらったんだ」

忌々《いまいま》しそうに云いながら、悪渡は青木さんを解放した。

「あの二人、まだ元気で居るかなあ」

「とっくに死んだんじゃないの？　あんたが死んでるくらいだもの」

青木さんはひどいことを云って、殿の後ろに隠れる。殿は扇を半開きにして、自分を扇《あお》いだ。

「おまえさん、裏切り者に復讐してやるって云ってるが」

殿が話を戻すと、悪渡は刃物のような視線をよこす。青木さんは悲鳴をあげたが、殿は相変わらず偉そうに胸を張っていた。

「そんなヤツのことなんざ、放《ほ》っときな。どうせ、自滅するんだ」

「おれのように、か？」

「ああ、ヤツは今、笑っているかもしンねえ。だが、そりゃあ、おまえさんみてぇに、邪悪な笑いだ。ヤツは、それに満足してやがるかもしンねえ。むなしい勘ちがいともしらずにな」

「せっかく成し遂げた仕返しの、どこがむなしいんだ？」

「どうせ、地獄行きだからさ」

「あいつはおれに復讐しただけで、プラスマイナスがゼロじゃないか」

「たいていの人間は地獄に堕《お》ちるんだよ。地獄ってのは来世の別名。つまり、この世こそが地獄。それが輪廻転生ってモンだ。まあ、おまえさんは、少しはマシなとこに行って、少しは幸せになるがいいのさ。勝ち負けってのは、幸せか不幸かってことだけなんだから」

「そういうもの――なのかな」

「おまえさんなんざ、解脱して極楽に至るまでには五十六億七千万年くらいかかるね。その間にすべきことは、ただ幸せになるように努力するだけ。でも、その目標は邪悪さによって達成しちゃいけない。本物の幸せを追求せよ」

「なんだ、そりゃ。全っ然、意味がわかんねえ」

「なら、五十六億七千万年の間、わかるように考えやがれ」

殿が突き放すように云うと、悪渡はプライドを押し殺すような恰好で小刻みに頷いていたが、結局は一人で局舎を出た。蔓《つる》バラが咲く美しい門を通って別の次元へと消えるときには、傷も治り血痕やエクトプラズムの残滓も取れている。

「あのドーナツは、ドーナツの幽霊だったのかもな。婆さんが昔作っていたドーナツが、あの砂糖衣のドーナッツに取り憑いていたのかもしれない。だって、買ったってわりには、不味《まず》くてさ――」

ずっと遠くで、悪渡がそう云った。

＊

赤井局長と鬼塚さんは「不漁だった」と文句を云いながら、発泡スチロールの魚箱いっぱいのサンマを土産に戻って来た。それを局員一同が七輪で焼いてお客たちに振る舞うのを眺めてから、殿は登天さんを誘って山を降りた。

「お二人とも、今夜は焼き魚の宴ですよ。早く帰って来てくださいよ」

後ろから、赤井局長が楽しげに呼ばわる。

「はいはい」

夏至を三ヵ月近く過ぎたから、西の空はもう暖色に染まり始めている。寂しいバス停には二時間おきのバスがちょうど到着したところで、二人はいそいそと駆けて間に合った。

「ねえ、殿――」

冷房の効いた空気を吸い込み、登天さんはぼそりと呼び掛けた。

「この夏は、ずいぶんと二人であちこちを歩いたのです。こんなことは、千年ぶりと云っていいのです」

「ふむ」

「さても、藤原兼輔さま――またの名を堤中納言さま」

登天さんは、改まった態度で殿を呼ぶ。殿はいささかふざけた様子で胸を張って見せた。二人が出会った千年ほど前、彼らはともに歌人であり、藤原兼輔は紀貫之の後ろ盾だった。

「なんだね、貫之どの」

「何を企んでおられるのですか？」

「企むとは？」

「わたしたちが手紙を配り歩いた相手は、まるで『堤中納言物語』に書かれた話を、現実に持って来たような人たちばかりだったのです」

「ほう。気が付いてたのかい？」

「花桜《はなざくら》折る少将――このついで――虫めずる姫君――ほどほどの懸想――逢坂《おうさか》越えぬ権中納言――貝あわせ――思わぬ方にとまりする少将――はなだの女御――はいずみ」

登天さんは、まるで点呼でもとるように高らかに云う。いずれも『堤中納言物語』を構成する物語の題名だ。登天さんは、殿と二人でかかわってきた小事件の数々が、物語集『堤中納言物語』をなぞっていると指摘しているのだ。

「これは、どういう趣向なのです？」

「面白かっただろう？」

「面白いどころか、ずいぶんとハラハラしました。あの人たち自身は、もっと大変だったのです。殿のおふざけに付き合わされて、大変な目に遭いました。悪渡さんなんか、死んじゃったのです」

温和な老人が珍しく怒りだすので、殿は両手を上げて《ホールドアップ》の真似をした。

「別に、連中はわしの都合で物語を演じたわけじゃあない。森羅万象は全ての人生、全ての事象、全ての思惑と調和して動くのである」

「のである――などと恰好つけても、誤魔化されないのです」

「ふふん」

殿は路傍に咲くカンナから、早くなった夕景に目を移した。田んぼが広がっている。稲穂は垂れているが、今年はいつまで経っても涼しくならない。

「おまえさんは昔、言葉は天地《あめつち》をも動かすと云ったっけね」

「殿、他人の若気の至りぶりを蒸し返すのは、行儀が悪いのです」

「ふん、謙遜するねぃ。あれも真実、これも真実さね」

「これも、とは？」

問われて、殿は背筋を伸ばした。声も言葉つきも、堤中納言と呼ばれた当時の大立《おおだて》者《もの》の態度に変わる。

「物語の中には生きているものがある。いや、なにも後世に残る名作……という意味ではないよ。古今東西あまたの作り話のごく一部、駄作だろうが名作だろうが関係なしに、文字通り、生きている物語というのがあるものなのだ」

殿はゆったりと腕組みをした。

「そうした話は、形を変え人を変え、繰り返し続いている。いわば、物語の輪廻転生だ。まあ、ある意味ではホラーだね」

「物語には困難がつきもの。それを克服して大団円か破滅を迎えても、物語めは性懲りもなく一からそれを繰り返す。——殿の云うのが真実ならば、残酷なことなのです」

「ふん、この世は苦悩の連続じゃねぇか」

殿の口調が元に戻った。

「時代が変わり、人は幸福になったか？　なりゃしねぇじゃねぇか。人間は幸せになろうと汗水流して辛抱を続けてんだから、それが千年も続けば楽園が出来上がっているはずなのに、実際には今もって苦悩の連続だ。こりゃ悲観主義なんかじゃねぇ。いつくら歌人が愚痴ばっかし詠んでるって云っても、現実の方がもっと悲惨だぜ」

烏帽子の中に人差し指を突っ込んで鬢《びん》を掻いてから、殿は不良少年みたいに頭をゆらゆらと揺らしてみせた。

「あの『堤中納言物語』っつうのは、わしが書いた話だ」

「殿とは無関係だと、インターネットに書いてあります。しかもあの十《とお》の物語は、書かれた時代も書き手も、全てバラバラなのです」

登天さんはスマートフォンを突き出した。この老人がハイテクな電話機を所持していることに、殿は目をぱちくりする。登天さんは「青木さんに借りたのです」と胸を張った。

「そこに書いてあるのは、嘘八百にして真実。いいかね、ツラさん、わしはこの千年の間、何度も何度も生まれ変わってきた。犬だったことも、熊だったことも、ウイルスだったこともあったが、人として生まれれば例外なく歌人であった。歌人だから、物語なんかチョチョイのチョイで書いてしまえたのだ」

「では、『堤中納言物語』は、全十話を、転生した元堤中納言が書いた、と?」

「さよう――だって、考えてもみねぃ。わしが書いたんじゃなきゃ、『堤中納言物語』なんてタイトルを付けるのは、おかしいだろ? 堤中納言ってのは、わしの呼び名だもん。あれを書いたのは、三人のわしだ。生まれ変わっても前世の記憶があるから、続きを書くのが面白かったねえ」

「別に、生まれ変わって書かずとも、一つの人生で書けばよろしいのです」

「ふん、長ぇこと書くのは苦手なんでぃ。藤原兼輔のときに懲りたんだよ」

不機嫌そうに鼻の上にしわを寄せてみせたが、すぐににんまりと笑う。まるでチェシャ猫みたいに、口角が切れ上がって残忍な顔になった。

「期せずして、このたび『堤中納言物語』は、主人公とそっくりな境遇にある十人の者たちにとって、人生の虎の巻になったわけだ」

「十人ではないのです。わたしたちは、九つの物語しかたどっていないのです」

「慌てるなぃ。十人目には、これから会いに行くんでぃ」

バスは跨線橋《こせんきょう》を渡って市街地に入る。北向きに進路を変えて下校の高校生たちを乗せ、また西日の方角へと進んだ。車内アナウンスが変なイントネーションで「大学病院前」と呼ばわった。毎度のことらしいが、高校生はそれを真似て笑いさざめく。殿は扇の先で降車ボタンを押した。

午後なので外来の入り口は閉じている。

殿は物慣れた様子で面会用の通用口に向かった。

「梅は咲いたか、桜はまだかいな」

泥落としで沓の底を丁寧にこすり、殿は自動扉を通った。小部屋に居る警備員が夕刊を読んでいる。

「十人目の主人公は、入院患者なのですか？」

「まあね」

「配達する手紙がありません」

「手紙は読めないだろうね」

「重病なのですか？　それとも、まだ小さい子どもなのでしょうか？」

「おまえさんは、いつも勘が良いねぇ」

エレベーターホールの前には、病院スタッフや患者や見舞客がわんさと居る。殿は車いすを操る中年女性の手助けをして、いたく感謝された。混んでいる中でいち早くエレベーターに乗り込むための手段だったのだが、おかげで次のエレベーターを待たずに済んだ。

　車いすの女性は七階の整形外科病棟で降り、殿は合図をよこすでもなく最上階まで昇った。そこはエレベーターのドアから垣間見《かいまみ》たどの階よりも、静かである。

　殿は振り向きもせずに手振りだけで付いて来るように云い、森閑とした廊下を進んだ。

　白い蛍光灯の光の下、殿の木の沓音も登天さんの革靴の音も、吸い込まれるように消えて少しも響かない。

　六人部屋の列を通り過ぎ、個室の前で殿は止まった。

「ツラさん、先にお入り」

「はい」

　困った場面に来合わせたものだ。こんなタイミングで病人を訪ねるなど、非常識もいいところである。なにしろ、枕辺に一族郎党を集めて、患者は今しも息を引き取ろうというところだった。妻や娘はもはや愁嘆場も通り過ぎ、表情のない顔を俯けている。病人は恰幅《かっぷく》の好い大男で――。

「え」

　登天さんは、目をぱちくりさせる。

その患者は、殿だった。

烏帽子も被っていないし、狩衣も着ていないが、殿――堤中納言だった。

登天さんは、ちらりと傍らの殿を見上げる。そこには確かに狩衣の殿が居て、自分と同じ顔かたちの死にゆく男を見おろしている。

奇妙なことに、いつもならば不思議ないでたちの殿と登天さんは、少しも怪しまれずに周囲の輪に入っていけるのだが、今はまるきり無視された。まるで居もしないかのように、顔を向ける者さえない。

そんな二人には、死にかけている男の思考が、不思議とわかった。翻訳機が外国人の言葉を通訳してくれるように、意識のない男の考えていることが聞こえてくる。

それは、殿と同じ声ではあったが、殿よりはよっぽど殊勝だった。

――ああ、本格的にヤバい感じだ。これが臨終ってものかぁ。

――会えず終《じま》いになっちゃったヤツも居たな。死んだら、先に逝った連中に会えるのかな。

――あ、思い出した。あの俳優の名前――ジャン＝ポール・ベルモンドだ。いやあ、死ぬ前に思い出して良かった。え、ちょっと待って。ハヤシから借りた五千五百円、返してなかったよ。どうしよう――ハヤシは気の弱い男だから、うちの家族に

「五千五百円返してくれ」なんて絶対に云えるわけないし——もう取り返しが付かないけど、このまま返さないのは、気持ちが悪いなぁ。生まれ変わって返すしかない？生まれ変わったって、当分は赤ん坊だけどな。

——でも、生まれ変わるのは、面倒くさいなぁ。また、あの人生をやり直すなんて、頼むから勘弁してくれって感じだよ。生まれ変わらないとしたら、解脱して仏陀になるわけなのか？　そうなると、宇宙なんかと一体化するのかな？　神っぽいな。いや、待てよ——。それは、神さまの本質なんじゃないの？　神さまと仏さまは、同じモノなの？　えええ？　これって、すごい悟りじゃない？

病人がそこまで考えたときに、別室に設置されていたモニターがアラームを鳴らす。当人には何の変化も見られなかったが、部屋の空気が動いた。医者が臨終を知らせに、こちらに向かっている。

「さあ、行こう」

興味を失《な》くしたような殿に促され、病室を出た。二人と入れ替わりに、深刻な顔の医師が看護師を連れて病室に入って行く。

「見てのとおり、あれは今のわし——現実のわしなんだよ。こうして藤原兼輔の恰好をしているのは、あの野郎の魂なんだよな。あいつは夏の初めに昏睡《こんすい》状態に陥ってしまってさ」

殿が現れたのは、その頃だった。『堤中納言物語』の主人公たちを助けるより先に、ハヤシ氏に五千五百円を返すべきだったろうに。そう指摘すると、殿は人差し指で烏帽子の上から頭を掻いた。

「面目ねぇ」

来たときと逆にエレベーターで下に向かう。

殿は四階のボタンを押したが、そこは産婦人科の病棟だった。

夕飯を満載したカートから、スタッフたちが次々とトレイを運び出している。美味そうな匂いを縫うようにして、殿は先へ先へと進んだ。

いつの間にか、配膳の活気は消えていて、しかし同じくらい忙しない気配が満ちている一角を前に、殿は足を止めた。

「あの男は、もう生まれ変わりたくないって云ってやがったが、あれはわしの本音なんだよ。だって、面倒くさいじゃないか。生まれて育って、周りの顔色を窺《うかが》って、どんなに気を付けたって悪いこともイヤなことも起こるんだ。ひとつの幸せのために、百の苦労を重ねるんだ」

「転生に飽きたら、解脱できるのです」

「そう簡単にゆくもんかい」

頭上で蛍光灯が瞬いた。複数の足音が聞こえて、話し声が聞こえた。その中に、赤ん坊の泣き声が混ざっている。

――あーあ、また転生しちゃったぜ。

それは、殿の声であり、最上階の個室で死を前にしていた男の声だった。

登天さんのとなりには狩衣を着た中年紳士の姿はなく、せいせいしたような、泣きたいような心地が胸にこみ上げてくる。

「また、会いましょう、殿」

エレベーターホールに向かって、登天さんは小さな足でぱたぱたと歩き出した。

背後から、赤ん坊の声が小さく聞こえた。

今からもどれば、山上の宴会に間に合うだろうか。青木さんから借りたスマートフォンで、メールを送った。

――お醬油は足りてますか？　お酒を買って行きましょうか？　登天――

本書は書下ろしです。

|著者| 堀川アサコ　1964年、青森県生まれ。2006年『闇鏡』で第18回日本ファンタジーノベル大賞優秀賞を受賞。主著に『幻想郵便局』『幻想映画館』『幻想日記店』『幻想探偵社』『幻想温泉郷』『幻想短編集』『幻想寝台車』『幻想蒸気船』『幻想商店街』『幻想遊園地』の「幻想シリーズ」、『大奥の座敷童子』『月夜彦』『魔法使ひ』『オリンピックがやってきた　猫とカラーテレビと卵焼き』『定年就活　働きものがゆく』などがある。

殿《との》の幽便配達《ゆうびんはいたつ》　幻想郵便局短編集《げんそうゆうびんきょくたんぺんしゅう》

堀川《ほりかわ》アサコ

講談社文庫

定価はカバーに
表示してあります

2024年３月15日第１刷発行

発行者――森田浩章
発行所――株式会社　講談社
東京都文京区音羽2-12-21　〒112-8001
電話　出版（03）5395-3510
　　　販売（03）5395-5817
　　　業務（03）5395-3615

KODANSHA

デザイン―菊地信義
本文データ制作―講談社デジタル製作
印刷―――株式会社KPSプロダクツ
製本―――株式会社国宝社

Printed in Japan

ISBN978-4-06-534475-0

講談社文庫刊行の辞

二十一世紀の到来を目睫に望みながら、われわれはいま、人類史上かつて例を見ない巨大な転換期をむかえようとしている。

世界も、日本も、激動の予兆に対する期待とおののきを内に蔵して、未知の時代に歩み入ろうとしている。このときにあたり、創業の人野間清治の「ナショナル・エデュケイター」への志を現代に甦らせようと意図して、われわれはここに古今の文芸作品はいうまでもなく、ひろく人文・社会・自然の諸科学から東西の名著を網羅する、新しい綜合文庫の発刊を決意した。

激動の転換期はまた断絶の時代である。われわれは戦後二十五年間の出版文化のありかたへの深い反省をこめて、この断絶の時代にあえて人間的な持続を求めようとする。いたずらに浮薄な商業主義のあだ花を追い求めることなく、長期にわたって良書に生命をあたえようとつとめるところにしか、今後の出版文化の真の繁栄はあり得ないと信じるからである。

同時にわれわれはこの綜合文庫の刊行を通じて、人文・社会・自然の諸科学が、結局人間の学にほかならないことを立証しようと願っている。かつて知識とは、「汝自身を知る」ことにつきていた。現代社会の瑣末な情報の氾濫のなかから、力強い知識の源泉を掘り起し、技術文明のただなかに、生きた人間の姿を復活させること。それこそわれわれの切なる希求である。

われわれは権威に盲従せず、俗流に媚びることなく、渾然一体となって日本の「草の根」をかたちづくる若く新しい世代の人々に、心をこめてこの新しい綜合文庫をおくり届けたい。それは知識の泉であるとともに感受性のふるさとであり、もっとも有機的に組織され、社会に開かれた万人のための大学をめざしている。大方の支援と協力を衷心より切望してやまない。

一九七一年七月

野間省一

2023年12月15日現在